Jens Krabel

Gerichtet

Thriller

Über das Buch

Im beschaulichen Freiburg im Breisgau geschieht ein politisch brisanter Anschlag. Kim Martín, noch voller Ideale, wird Zeugin dieses Verbrechens. Sie erfährt von einer Attentätergruppe, die Jagd auf Kriegsverbrecher, Mörder und Vergewaltiger macht. In einer temporeichen Flucht vor sich selbst, den Attentätern und deren Widersachern gerät sie immer tiefer in den Strudel des Verbrechens. Ab diesem Moment begibt sich die junge Anwältin auf eine gefährliche Reise. Zwischen Freiburg, Stuttgart, Hamburg, Frankfurt und Berlin weiß sie schließlich nicht mehr, wo sie sich befindet und wer hier Jäger und Gejagte ist. Sie weiß, sie sollte zur Polizei gehen. Immer wieder stellt sie sich die Frage: „Wie weit soll ich noch gehen?" Mit für sie persönlich hohem Risiko und offenem Ausgang folgt sie ihrer Intuition und trifft eine folgenschwere Entscheidung für ihr weiteres Leben.

Über den Autor

Jens Krabel hat diesen Thriller als ersten einer Trilogie verfasst. Er ist Politologe, publiziert, arbeitet und lebt mit seinen beiden Töchtern und Partnerin in Berlin. Eine Zeit seines Lebens verbrachte er in Spanien. Mit Hilfe seiner Kinder entdeckte er neben dem wissenschaftlichen Schreiben und Publizieren die Belletristik für sich.

Jens Krabel

Gerichtet

Thriller

Impressum

Bibliografische Information der Deutschen Nationalbibliothek:
Die Deutsche Nationalbibliothek verzeichnet diese
Publikation in der Deutschen Nationalbibliografie;
detaillierte bibliografische Daten sind im Internet
über http://dnb.dnb.de abrufbar.

Lektorat und Korrektorat:
friendspublish Kasiske & Trommershäuser
Cover: VorSprung Design & Kommunikation
Verlag:
BoD • Books on Demand GmbH, In de Tarpen 42,
22848 Norderstedt
Druck:
Libri Plureos GmbH, Friedensallee 273, 22763 Hamburg

ISBN: 978-3-7597-8565-7

Band 1

für meine Tochter Finja

PROLOG

Er ist ein Berglöwe und ruht auf dem dicken Ast eines Baumes. Unter ihm liegt die Lichtung im Sonnenschein. Mehrere runde Lehmhütten stehen auf rötlichem Boden. Einige weisen Verfallsspuren auf, haben Risse an den Außenmauern, Löcher in den Dächern und Türrahmen ohne Türen. Andere sind bis auf die Grundmauern niedergebrannt. Nur wenige scheinen keine Beschädigungen aufzuweisen. Ein feiner Brandgeruch liegt in der Luft. Vor den Hütten liegen Leichen, teilweise vollständig bekleidet, teilweise nur in bunte Fetzen gehüllt. Einigen fehlen Gliedmaßen oder der Kopf, andere wirken unversehrt.

Inmitten der Hütten und Leichen steht ein kleiner Junge in kurzer Hose und einem blutbefleckten, weißen Hemd. Er schaut zu ihm hoch. Eine graue, trockene Traurigkeit hat sich in seinen Augen niedergelassen. Während der Junge dasteht und zu ihm hochschaut, wird der Brandgeruch stärker. Der Berglöwe, der er ist, dreht den Kopf und sieht, wie sich hinter ihm das Feuer durch die Bäume frisst und immer näherkommt. Er will sich erheben, auf die Lichtung springen und in Richtung

Norden rennen, weg von den Flammen und dem beißenden Geruch. Doch so sehr er sich auch bemüht, sein Körper gehorcht ihm nicht. Es ist, als ob er von einer plötzlichen Lähmung ergriffen wird. Nur seinen Kopf kann er noch bewegen. Angst steigt in ihm auf und ergreift immer stärker von ihm Besitz. Er dreht seinen Kopf weg von dem Feuer und schaut zu dem Jungen, der immer noch zu ihm aufsieht, nun aber zu singen begonnen hat. Eine Totenklage, kraftvoll und traurig. Sie kommt ihm seltsam vertraut vor, auch wenn er sich nicht erinnert, wo er sie schon einmal gehört hat.

Je lauter der Junge singt, desto unerträglicher wird die Hitze des Feuers und als die ersten Flammen auf das Fell des Berglöwen übergreifen, verwandelt sich die Totenklage des Jungen in einen langgezogenen Schrei.

Er wachte auf und fand sich schweißgebadet auf dem Stuhl am Fenster wieder. Es war das erste Mal, dass einer der Wiedergänger direkt zu ihm gesprochen hatte, wenn auch in einem Traum und in Form einer gesungenen Totenklage.

1

SCHWARZWALD

Kim schaute aus dem Fenster ihres Hotelzimmers. Es dämmerte, aber noch waren die Konturen der Fichten auszumachen, die ein paar hundert Meter entfernt einen dichten Wald bildeten. Dicke Schneeflocken fielen vom Himmel. Der Raum wurde langsam ein bisschen wärmer. Als sie vor einer Stunde hier angekommen war, war das Zimmer nicht geheizt gewesen. Kims Blick schweifte zu der Schwarz-Weiß-Fotografie an der Wand neben dem Fenster. Sie zeigte eine Hochzeitsgesellschaft, die sich an einem sonnigen Sommertag vor dem Eingang des Hotels aufgestellt hatte. Die Aufnahme musste vor sehr langer Zeit entstanden sein, der Kleidung nach zu urteilen, vielleicht in den Zwanzigern des letzten Jahrhunderts. Auf Kim wirkten die Menschen auf dem Foto fröhlich und ausgelassen und wahrscheinlich hatte an diesem Tag niemand von ihnen geahnt, welche Entbehrungen und Schmerzen die kommenden Jahre ihnen noch bringen würden.

In dem Zimmer war kein Laut zu hören. Das Hotel wirkte wie ausgestorben, was es auf eine Art auch war. Der Mann an der Rezeption hatte Kim erzählt, dass außer ihr nur noch ein weiterer Gast im Hotel untergebracht sei. Anfang Januar, hatte der Mann achselzuckend gemeint, sei in dieser Gegend des Schwarzwalds in der Regel noch nicht so viel los. Für den 10. Januar habe sich jedoch eine größere Wandergruppe angekündigt, also habe er sich dazu entschieden, das Hotel durchgehend geöffnet zu lassen.

Kim dachte daran, dass morgen ihr 30. Geburtstag war. Sie hatte ihrer Mutter vor ein paar Tagen am Frühstückstisch gesagt, sie wolle an ihrem Geburtstag in Hamburg sein und den Tag mit Lynn verbringen. Nichts Großes, vielleicht zu ihrem Lieblingsasiaten essen gehen, dann noch einen Film anschauen. Und, nein, hatte sie auf Nachfrage ihrer Mutter geantwortet, größer feiern wolle sie ihren Geburtstag nicht. Die meisten ihrer Freunde und Freudinnen wären am zweiten Januar sowieso noch nicht wieder von ihren Reisen und Besuchen zurück. Ihre Mutter hatte daraufhin ihre Hand getätschelt und gesagt, dass es vielleicht doch an der Zeit sei, sich einen festen Freund zu suchen.

„Damit er mich dann irgendwann verlässt, weil ich schwanger geworden bin oder er im Knast landet, weil er Scheiße gebaut hat?" Es war das erste Mal, dass Kim laut geworden war, seit sie an Heiligabend bei ihrer Mutter in Tübingen angekommen war. Bis zu diesem Zeitpunkt hatten die beiden sich Mühe gegeben und sich verhältnismäßig gut miteinander verstanden.

„Dein Vater war ein guter Mensch. Du weißt, dass er unschuldig im Gefängnis saß", hatte die Mutter erwidert.

„Ja, ja", hatte Kim geantwortet und es dabei belassen.

Seit diesem kurzen lauten Wortwechsel mit ihrer Mutter hatte sie immer wieder daran denken müssen, wie sie vor fünfzehneinhalb Jahren an einem heißen Sommertag mit ihrem Fahrrad zur Ödenburg gefahren war. Eine Ansammlung verfallener Mauerreste im Spitzbergwald, die den Namen „Burg" schon seit ein paar Jahrhunderten nicht mehr verdiente. Dort hatte sie in einer Anwandlung pubertären Weltschmerzes zwei kleine Steingräber angelegt. Eins für ihren Vater, der sieben Jahre zuvor im Gefängnis gestorben war und an dessen Aussehen sie sich nur erinnerte, weil er ihr aus dem Gefängnis heraus in unregelmäßigen Abständen Fotos geschickt hatte, die sie bis heute aufbewahrte. Das andere Grab für ihre Halbschwester, die die Wohnung verlassen hatte, als Kim fünf Jahre alt war und sich seitdem nie wieder gemeldet hatte. Wie ihre Halbschwester ausgesehen hatte, daran konnte sich Kim nicht mehr erinnern. Ihre Mutter hatte alle Fotos ihrer ersten Tochter verbrannt, nachdem diese von einem Tag auf den anderen aus ihrem Leben verschwunden war.

Beide Gräber bestanden jeweils aus einer kleinen Steinplatte mit einem aufgemalten schwarzen Kreuz, auf die Kim „Pablo Martín" beziehungsweise „Nicole Grün" geschrieben hatte. Die kleinen Steinplatten hatte sie dann in der Nähe einer mächtigen Buche in den dunklen Waldboden gedrückt. Damals hatte sie für eine kurze

Zeit gedacht, es wäre gut, einen eigenen, geheimen Ort zu haben, an dem sie der beiden gedenken könnte. Doch letztendlich hatte sie dann nur noch ein einziges Mal bei den kleinen Grabsteinplatten vorbeigeschaut. Gegen Ende des Sommers war ihr die ganze Sache dann mit einem Mal peinlich geworden und sie hatte versucht, nicht mehr an die von ihr angelegten Erinnerungsorte zu denken.

Heute Morgen, kurz nach dem Aufwachen, war das Bild, wie sie als Jugendliche vor den in den Waldboden eingelassenen Grabsteinen stand, wieder klar und deutlich vor ihr aufgetaucht. Sie war daraufhin einem spontanen Impuls gefolgt und zur Ödenburg gefahren. Die Grabsteinplatten hatte sie nicht mehr vorgefunden. Doch das Gefühl der Melancholie, das sie von früher kannte, war wieder dagewesen.

Kim hatte diese gedankliche Reise in ihre Vergangenheit so berührt, dass sie beschlossen hatte, sich eine kleine Auszeit zu nehmen. Zwei Tage nur für sich selbst. Da sie zu Ende des vergangenen Jahres gekündigt hatte und es mit der Auswahl einer neuen Kanzlei nicht eilig hatte, verfügte sie zum ersten Mal in ihrem Leben über ausreichend Zeit, um solche Entscheidungen treffen zu können. Sie hatte Lynn angerufen, ihr gesagt, sie komme heute wohl nicht mehr nach Hamburg und war dann weiter Richtung Süden gefahren, bis sie dieses Hotel im tiefsten Schwarzwald gefunden und dort ein Zimmer für zwei Nächte gebucht hatte.

Mittlerweile war es draußen dunkel geworden und Kim schaltete die kleine Nachttischlampe ein, die links neben dem Bett an der Wand hing. Sie holte das Buch „Vor dem Gesetz sind nicht alle gleich" aus ihrer Tasche. Den Autor, Ronen Steinke, kannte sie von einer Lesung, bei der sie vor mehr als einem Jahr gewesen war. Es hatte sie sofort begeistert, dass ein ausgebildeter Jurist verständliche Sachbücher schrieb und sich dabei auch noch so eindeutig politisch positionierte. Sie machte es sich auf dem Bett bequem und begann zu lesen. Doch schon nach einer kurzen Weile überfiel sie eine bleierne Müdigkeit. Kim legte das Buch zur Seite, schloss die Augen und schlief sofort ein.

Sie war ein Vogel, der weit oben seine Runden drehte und zur gleichen Zeit war sie auch eine Frau, die in wilder Fahrt eine Kutsche lenkte, die von vier schwarzen Pferden gezogen wurde. Eine weite Winterlandschaft spannte sich bis zum Horizont, kahle Bäume reckten ihre dürren Äste – wie zum Gruß erhoben – in den wolkenverhangenen Himmel. Ab und zu tauchte ein verfallenes Gehöft zwischen den Bäumen auf und über die verschneiten Felder liefen Krähen, auf der verzweifelten Suche nach Nahrung. Die Pferde hatten Schaum vor den Nüstern, sie witterten die Angst der Kutscherin, die sie mit ihrer Peitsche weiter antrieb.

Als Vogel beobachtete Kim von weit oben die Kutsche und das Pferdegespann und konnte das Ächzen der Räder hören. Sie richtete ihren Blick in die Ferne und sah eine dichte graue Mauer aus Schnee, die immer schneller auf die Kutsche zukam. Von oben wollte sie der Kutscherin, die sie auch war, zurufen, dass sie die Pferde schneller antreiben solle, dass ihr kaum noch Zeit bliebe, bis der Schneesturm sie eingeholt haben würde. Doch bis auf ein kaum wahrnehmbares Krächzen, brachte sie keinen Laut heraus. Hilflos musste sie mitansehen, wie die dunkle, pulsierende Schneemasse der Kutsche immer näherkam, sie fast erreichte. Als Kutscherin blickte sie hinter sich, Schneeflocken trieben ihr in die Augen und kurz bevor der Schneesturm sie, die Pferde und die Kutsche verschluckte, sah sie nach oben zu dem Vogel, der sie beobachtete und für einen kurzen Augenblick sah sie sich selbst in die Augen, wie in einem Spiegel: Eine Frau auf einer Kutsche, die einen Vogel beobachtete, ein Vogel, der einer Frau auf einer Kutsche zusah, wie sie langsam in einer Schneewolke verschwand. Aus dem Krächzen wurde ein Schrei, zu spät.

Kim schreckte hoch, draußen war immer noch finsterste Nacht. Die Handyuhr zeigte kurz nach halb zwei. Ihr Geburtstag hatte mit einem Albtraum angefangen.

Ein Stockwerk weiter oben versuchte der zweite Gast des Hotels vergeblich in den Schlaf zu finden. Seine Gedanken waren ein Schwarm lästiger Fliegen, die nicht zu Ruhe kamen. Max hatte die Tage von Heiligabend bis zum ersten Januar in Österreich verbracht und war dann auf dem Weg nach Freiburg in diesem Hotel abgestiegen.

Maria und Bruce waren nicht begeistert gewesen, als er ihnen vor mehreren Wochen erzählt hatte, er wolle vor ihrem Auftrag Ski fahren gehen. Er hatte ihren Ärger jedoch an sich abprallen und sich nicht von seinen Reiseplänen abbringen lassen. Für ihn war die Zusammenarbeit mit den beiden sowieso Geschichte. Maria und Bruce wussten nur noch nicht, dass das ihr letztes Wiedersehen sein würde. Sie wussten so vieles nicht. Max fühlte zum tausendsten Mal nach, ob er einen Hauch von Schuld empfand. Aber da war nichts, keine Scham, kein Bedauern, keine Schuldgefühle. Hatte er sich in den letzten Jahren verändert oder war er auf eine Art schon immer so gewesen, so skrupellos? Das Wort gefiel ihm nicht, aber er hatte es gedacht und nun war es in der Welt, in seiner nachtdunklen, schlaflosen Welt und konnte nicht mehr nicht gedacht werden.

Er stand auf, ging zum Fenster und öffnete es. Zögerlich floss die kalte Nachtluft ins Zimmer, umspielte erst seine Füße und Beine und breitete sich dann im ganzen Zimmer aus. Die Kälte tat ihm gut und er blieb so lange am offenen Fenster stehen, bis er anfing zu zittern. Dann schloss er das Fenster und legte sich wieder ins Bett. Seine Unruhe hatte sich etwas gelegt und ein paar Minuten später fiel er in einen leichten Schlaf. Nur drei Stunden später weckte ihn ein Klingelton. Sein Telefon meldete den Eingang einer Nachricht. Irgendjemand hatte versucht ihn anzurufen, doch die Telefonverbindung in seinem Zimmer war anscheinend so schlecht, dass Anrufe nicht durchgestellt werden konnten. Die SMS, die er erhalten hatte, enthielt folgende

Nachricht: O2 Mailbox: +4793467143 hat am 02/01/23 um 06:03 versucht Sie anzurufen. Müde quälte sich Max aus dem Bett, zog sich an, verließ sein Zimmer und ging in die noch dunkle Eingangshalle. Hier unten hatte er wieder Empfang. Max drückte auf die norwegische Telefonnummer und warte auf das Freizeichen.

„Hi, Max." Die Stimme am anderen Ende klang dunkel und energiegeladen. „I just wanted to make sure everything is fine and running as agreed."

Max versuchte sich seinen Ärger nicht anmerken zu lassen. Natürlich lief alles nach Plan. Bei jeder Planänderung hätte er sich gemeldet. „Everything is fine", antwortet Max und nach einer kurzen Pause fügte er hinzu: „There is no reason to worry. You can be sure, that the assassination will take place as planned. See you in Oslo." Max beendete das Gespräch. Wie er zwanghafte Menschen verabscheute! Unschlüssig blieb er in der Empfangshalle stehen. Eigentlich war es viel zu früh, um jetzt schon nach Freiburg aufzubrechen. Andererseits war er wach und die Vorstellung, im Hotel darauf zu warten, irgendwann einen mittelmäßigen Kaffee serviert zu bekommen, war alles andere als attraktiv. Max entschied sich zu fahren und machte sich auf den Weg zurück in sein Zimmer. Er hatte die ersten fünf Treppenstufen bereits genommen, als er hinter sich ein leises Geräusch wahrnahm, so als ob jemand beim Aufstehen den Stuhl, auf dem er gesessen hatte, ein kleines Stück nach hinten geschoben hätte. Max drehte sich um, lief die Treppe hinunter und erreichte kurz darauf wieder die Eingangshalle. Hinter der Rezeption war auf einmal der Hotelbesitzer aufgetaucht. Bleich und sprachlos stand er da und schaute erschrocken zu Max.

Für einen kurzen Moment fragte sich Max, wo dieser Mann so plötzlich hergekommen war, aber dann nahm er die Tatsache, dass der Hotelbesitzer in der Empfangshalle stand, einfach hin und widmete sich den viel drängenderen Fragen. War der Hotelbesitzer schon hinter der Rezeption gewesen, als er telefoniert hatte? Und wenn ja, verstand er Englisch? Hatte er gehört, dass Max von einem bevorstehenden Attentat gesprochen hatte? Noch während ihm diese Fragen durch den Kopf gingen, wusste er, dass die Antworten letztendlich belanglos waren. Er konnte kein Risiko eingehen. Sekunden verstrichen. Noch immer schauten sich die beiden Männer an ohne ein Wort zu sagen. Max fühlte den leichten Druck der Pistole, die er immer in der Innentasche seiner Jacke bei sich trug, an der rechten Seite seines Oberkörpers. Am besten, er brachte es schnell hinter sich. In einer fließenden, oft einstudierten Bewegung zog Max die Pistole aus der Jackentasche, richtete sie auf den Hotelbesitzer und schoss ihm eine Kugel in den Kopf. Der Mann kippte nach hinten und war so schnell, wie er aufgetaucht war, wieder verschwunden. Max lief zur Rezeption und warf einen Blick auf den nun toten Hotelbesitzer, dessen Oberkörper schräg auf einer Schlafliege ruhte, die Beine auf dem mit Teppich ausgelegten Boden ausgestreckt. Der Anblick erinnerte Max an das Gemälde „Der Selbstmörder" von Manet, nur dass es sich bei dem Toten im Hotel nicht um einen Selbstmörder handelte, der sich in die Brust geschossen hatte, sondern um einen Mann mit einem Einschussloch in der Stirn, der aller Voraussicht nach gerne weitergelebt hätte. Während Max auf den Toten schaute, meldete sich eine vertraute Stimme in seinem Kopf, die ihn fragte, ob er angesichts seines Handelns Schuld empfände. Diese Gewissensfragen waren ihm mittlerweile zur zweiten Natur geworden. Er musste damit aufhören. Er wandte sich von dem Toten ab, durchquerte die Empfangshalle, öffnete die Eingangstür und ging ein paar Schritte in Richtung Parkplatz. Er musste den Kopf frei bekommen, doch die Stimme in ihm gab keine Ruhe. „Und was machst du jetzt?", fragte sie ihn gerade. „Du weißt, dass in dem Hotel noch eine junge Frau schläft. Du hast gesehen, wie sie gestern mit ihrem VW Polo angekommen ist. Was, wenn sie sich dein Auto näher angesehen hat, sich vielleicht das Nummernschild gemerkt hat? Es gibt solche Leute." Max wusste, was er tun würde. Er wollte sich nur noch ein kleines bisschen Zeit lassen, erstmal auf sein Zimmer gehen und alles für die Abfahrt vorbereiten. Eine Übersprungshandlung, na und, die gönnte er sich jetzt.

Als Kim das zweite Mal erwachte, war es kurz nach halb sieben. Sie stand auf, zog sich an und ging ins Bad. Dort warf sie einen kurzen Blick in den Spiegel. Unterhalb ihrer blaugrauen Augen hatten sich feine Falten gebildet, die, wie sie wusste, im Laufe des Tages wieder verschwinden würden. Es gab Tage, da mochte sie ihr kantiges Gesicht, das von langen, dunkelbraunen

Haaren eingerahmt wurde, den schmalen Mund und die Sommersprossen, die ihre Wangen sprenkelten. In solchen Momenten empfand sie sich auf eine besondere Art schön. An anderen Tagen fiel es ihr schwer, das Gesicht, das ihr im Spiegel entgegenblickte, mit sich selbst in Verbindung zu bringen. Dann war es, als ob eine Fremde sie skeptisch musterte und sich fragte, wer zum Teufel da vor ihr stand. Heute kündigten ihre Augen einen leichten Anflug von Abwesenheit an, doch im Großen und Ganzen wusste sie gerade, wen sie vor sich hatte. Sie spritzte sich kaltes Wasser ins Gesicht und versuchte den Albtraum abzuschütteln, der sich noch schemenhaft am Rande ihres Bewusstseins abzeichnete. Sie setzte sich aufs Klo, pinkelte, blieb dort sitzen, unschlüssig, was sie jetzt tun sollte. Sie beschloss nach unten zu gehen, um nachzuschauen, ob es schon Frühstück gäbe.

In der Empfangshalle angekommen, sah sie, dass die Tür zum Frühstückraum noch verschlossen war. Ihr Blick fiel auf die große Standuhr links neben der Rezeption. Bestimmt zeigte sie schon seit Jahrzehnten zuverlässig die Zeit an. Es war fünf vor sieben. Kim fröstelte. Hier unten war es deutlich kälter als oben. Die Tür nach draußen stand leicht offen. Und noch etwas anderes erregte ihre Aufmerksamkeit. Ein leicht metallischer Geruch lag in der Luft. Kim sah sich in der Eingangshalle um. Am Boden, direkt neben der Rezeption, schaute eine Schuhspitze hervor. In dem Moment, in dem sie den Schuh sah, wusste Kim, was sie hinter der Rezeption erwartete. Wie betäubt näherte sie sich der Rezeption. Dahinter erblickte sie den Mann, der sie gestern noch in Empfang genommen hatte. Er lag mit dem Oberkörper auf einem Klappbett, die Augen weit geöffnet, den Kopf leicht zur Seite gebeugt. Von einem Loch genau in der Mitte der Stirn zog sich eine feine Blutspur bis zu seinem Mund. Das zerknitterte Hemd glänzte in makellosem Weiß.

Bilder stürmten auf Kim ein. Sie stellte sich vor, wie der Mann vor seinem Mörder gestanden, wie er irgendwann verstanden haben musste, dass die Person vor ihm das Letzte sein würde, was er sah. Wie sich die Augen des Mannes vor Schreck weiteten, wie die Kugel dann in seinen Kopf eindrang, wie er fiel und ihn dann ein traumloser Schlaf überkam, der sich bis in alle Ewigkeit hinziehen und noch anhalten würde, auch wenn der Mann schon längst unter der Erde läge und sich niemand mehr an ihn erinnerte. Die warmen dunklen Schläge der Standuhr holten Kim wieder zurück in die Empfangshalle. Sie nahm die Kälte wahr. Den metallischen Geruch. Die Standuhr, deren Zeiger mittlerweile sieben Uhr anzeigten sowie einen beständigen Luftzug, der durch die offene Tür hineinströmte und die Seiten einer auf dem Boden liegenden Zeitung hin und her warf, als ob eine unsichtbare Leserin durch die Zeitung blätterte.

Kim spürte mit einem Mal, wie hungrig sie war und für einen kurzen absurden Moment dachte sie daran, in die Küche zu gehen und nach etwas Essbarem zu suchen. Ein Geräusch ließ sie innehalten, kam näher. Unsicher schaute sich Kim um, bis sie begriff, was dieses Geräusch bedeutete. Irgendjemand kam die Treppe herunter. Nein, nicht irgendjemand, sondern wahrscheinlich der Mörder des Hotelbesitzers. Kim schätzte die Entfernung bis zur Eingangstür ab. Vielleicht zehn, zwölf Schritte. Machbar. Allerdings, wenn sie zur Eingangstür lief, geriet sie möglicherweise ins Sichtfeld der Person, die gerade die Treppe herunterkam, je nachdem, wie weit diese Person schon die Treppe heruntergelaufen war. Kim verwarf den Gedanken, durch die Eingangstür zu flüchten. Sie brauchte eine andere Option und zwar schnell. Ihr blieben maximal fünfzehn Sekunden. Panisch schaute sie sich um. Der Frühstücksraum? Aber, wenn der Frühstücksraum nicht nur ver- sondern auch abgeschlossen war? Zum Nachdenken blieb keine Zeit mehr. Die Schritte kamen näher. Das dumpfe Auftreten fester Schuhe war jetzt ganz deutlich zu hören. Ihr blieben definitiv weniger als ein paar Sekunden. Sie traute sich nicht zu rennen, aus Angst, die quietschenden Sohlen ihrer Schuhe könnten sie verraten. Vorsichtig kniete sie sich auf den Boden und krabbelte so schnell sie konnte zum Frühstücksraum. Sie richtete sich auf, umfasste die Türklinke. Gleich würde die Person, wer immer das auch war, in der Empfangshalle stehen und sie unweigerlich sehen. Sie drückte die Türklinke nach unten. Die Tür zum Frühstücksraum öffnete sich. Kim schlüpfte hinein und ließ sich lautlos auf den Boden fallen. So war sie von der Empfangshalle aus nicht zu sehen. Vorsichtig schob sie die Tür zu, traute sich jedoch nicht, sie ganz zu schließen. Sie wusste nicht, ob das Einrasten des Türschlosses einen Laut von sich geben würde. Die Person musste jetzt in der Empfangshalle angekommen sein. Kim versuchte, irgendwas zu hören, wollte wissen, was in der Empfangshalle vor sich ging, wollte einschätzen können, ob sie hinter der Tür versteckt bleiben konnte oder ob sie weiter in den Frühstücksraum kriechen und ein Versteck suchen sollte. Doch das Einzige, was sie hören konnte, war das Rauschen ihres Blutes in den Ohren. Sie schaute sich um. Der Raum war in fahles Licht getaucht, mehrere Tische und Stühle waren in geraden Linien aufgereiht. Auf zwei Tischen standen jeweils eine Kaffeetasse und ein Teller. In der rechten hinteren Ecke des Raumes brannte eine Stehlampe. Jemand musste vergessen haben, sie auszuschalten oder war schon sehr früh hier gewesen und hatte sie angeschaltet. Vielleicht der Hotelbesitzer, dachte Kim. Neben der Angst kroch jetzt auch zunehmend die Kälte in ihren Körper. Noch immer konnte sie nichts anderes hören als das Blut, das in ihren Ohren Achterbahn fuhr. Was ging nur draußen in der Empfangshalle vor? Sie musste von dieser Tür weg, konnte nicht darauf warten, dass die Person da draußen auf die Idee kam, in den Frühstücksraum zu kommen - aus welchem Grund auch immer - und ihr die Tür vor den Kopf stieß und... Kim wollte diesen Gedanken nicht zu Ende denken. Sie schlich ein paar Meter weiter zur Wand. Richtete sich auf und tastete sich rückwärts an der Wand entlang, die Tür immer im Blick, bis sie plötzlich über eine Flasche stolperte, die auf den Boden stand. Die Flasche fiel mit einem lauten Schlag um, drehte sich mehrmals um sich selbst und begann dann langsam in die Mitte des Frühstücksraums zu kullern.

Nachdem Max in seinem Hotelzimmer angekommen war, hatte er sich für ein paar Minuten auf sein Bett gelegt und sich innerlich auf seine nächsten Schritte vorbereitet. Dann hatte er die wenigen im Zimmer herumliegenden Sachen in seinen Koffer gepackt, war die Treppe hinuntergelaufen und stand nun in der Empfangshalle. Die kurze Auszeit hatte ihm gutgetan. Natürlich wusste er, was er tun musste. Er befand sich seit langem auf einer abschüssigen Bahn, wie sollte er da jetzt anhalten können? Aber bald war das alles vorbei. Schon in zwei Tagen würde er in Oslo sein und da erwartete ihn ein neues Leben. Was spielte da ein Mord mehr oder weniger noch für eine Rolle? Er würde die Frau hier unten erschießen, das wäre weniger intim, als sie in ihrem Zimmer zu töten. Während er auf sie wartete, würde er sich in der Küche einen Kaffee machen und damit seine Müdigkeit vertreiben.

Max ging zu dem toten Hotelbesitzer, durchsuchte Hosen- und Jackentaschen, bis er den Generalschlüssel fand. Dann passierten zwei Dinge kurz aufeinander. Zuerst hörte Max einen dumpfen Schlag, der aus dem Frühstücksraum kommen musste. Kurz danach läutete das Hoteltelefon. Ein hoher durchdringender Klingelton, der kein Ende nehmen wollte. Max schmunzelte. Da war wohl noch jemand auf die Idee gekommen, Kaffee zu machen. Na gut, erst die Arbeit und dann das

Vergnügen. Max drehte den Kopf in Richtung des Frühstücksraums und setzte sich leise in Bewegung.

Kim schaute der Flasche hinterher. Sah, wie die Flasche langsam durch die Reibung und den Widerstand des Bodens an Schwung verlor und austrudelte. Sie atmete leise ein. Erstarrte. Nahm einen leichten Essensgeruch wahr. Es roch nach Rinderbraten und Rotkraut. Die feinen Unebenheiten der Wand drückten gegen ihren Rücken. Ein bitterer Geschmack legte sich auf ihre Zunge. Der hohe Klingelton des Telefons aus der Empfangshalle, der im Sekundentakt verebbte und wieder anschwoll, drang in ihre Ohren. Das fahle durch das Fenster hereinfallende Morgenlicht blendete ihre Augen. Draußen wurden die Bäume durcheinandergeschüttelt. Vielleicht zog ein Sturm auf. Adrenalin sickerte in jeden Bereich ihres Körpers. Verbreitete Unruhe. Forderte Kim zum Handeln auf. Sie ergriff einen Stuhl, stürmte zum Fenster, das bis zum Boden reichte, und schleuderte den Stuhl dagegen. Glas splitterte. Kim sprang, spürte, wie scharfkantige Glassplitter in ihre Arme und Beine drangen. Fiel. Prallte auf den Boden. Stand wieder auf und rannte los. Der starke Wind trieb sie vorwärts, fuhr in ihre Ohren. Ohne sich umzusehen, lief sie weiter, immer tiefer in den Wald hinein.

2

FRANKFURT

Knapp dreihundert Kilometer entfernt erhoben sich eine zierliche Frau mit kurzen schwarzen Haaren und einem feinen, fast schon verträumten Gesichtsausdruck und ein großer, muskulöser Mann, mit einer Narbe über der Oberlippe vom Sofa. Dort hatten sie die letzte halbe Stunde gesessen und Kaffee getrunken und waren die Einzelheiten ihres Auftrages durchgegangen. Während der Mann die Kaffeetassen in die Küche brachte, überlegte die Frau einen Moment, welches Buch sie auf die Fahrt nach Freiburg mitnehmen wollte. Sie entschied sich für den Krimi ‚Der Schneemann' von Jo Nesbø. Sie hatte die Verfilmung gesehen. Mit Michael Fassbender in der Hauptrolle. Vom Buch erhoffte sie sich mehr.

„Maria", der Mann schaute aus der Küche heraus, „versuchst du bitte nochmal, Max zu erreichen, es macht mich nervös, dass er sich noch nicht gemeldet hat."

„Was soll schon passiert sein", meinte die Frau, „er ist gestern Abend in dem Hotel angekommen, wird dann auf Netflix hängen geblieben sein und noch schlafen. Oder denkst du, er ist gestern bei einem Spaziergang durch den Wald von einem Wildschwein angegriffen worden, hat sich dann auf einen Baum gerettet und wartet jetzt, dass wir ihn da runterholen?“ Die Frau schüttelte leicht den Kopf. „Ich warte im Auto.“

Sie steckte das Buch in ihre Tasche und verließ ohne ein weiteres Wort die Wohnung. Der Kalender zeigte den 2. Januar 2023, als Maria und Bruce mit ihrem weißen VW-Bus auf die Autobahn Richtung Freiburg einschwenkten. Bruce hatte eine Beethoven CD eingelegt und saß am Steuer, während Maria im Fonds saß und las, so wie immer, wenn beide mit dem Auto unterwegs waren. Max hatte sich noch immer nicht gemeldet.

3

SCHWARZWALD

Max zwang sich, kurz inne zu halten und seine Möglichkeiten durchzugehen, während er zum Wald hinüberschaute. Dorthin musste die Frau verschwunden sein. Er könnte der Frau hinterherlaufen, riskierte dabei aber, dass in der Zwischenzeit doch noch jemand hier auftauchte, das ganze Chaos vorfinden und die Polizei informieren würde. Er hatte sowieso schon auf Risiko gespielt, als er sich die kurze Auszeit in seinem Hotelzimmer gegönnt hatte. Er könnte aber auch erstmal den toten Hotelbesitzer verschwinden lassen und dann der Frau folgen. Das Hotel lag abgelegen, er hatte sicherlich mehrere Stunden Zeit, die Frau zu finden, bis sie das nächste Dorf erreichen würde. Max rechnete nicht damit, dass sie weit kommen würde. Draußen waren Minusgrade und bei diesen Temperaturen würde ihr Körper schnell auskühlen. Max entschied sich, zuerst die Leiche wegzuschaffen.

Er schleifte den leblosen Körper in den Wald und bedeckte ihn notdürftig mit Schnee. Dann verstaute er sein Gepäck im Kofferraum seines Autos und rieb sich Hände und Gesicht mit Butter ein, damit die Kälte sie nicht zu schnell austrocknen konnte. Danach streifte er sich den Rucksack über die Schultern und lief los. Seitdem die Frau in den Wald geflohen war, waren erst fünfzehn Minuten vergangen. Ihre Fußabdrücke waren im Schnee noch deutlich sichtbar. Max folgte den Spuren in den Wald hinein. Auf einem Baumstumpf erkannte er frische Blutstropfen. Dort hatte die Frau sich wohl abgestützt, vielleicht ihren Schuh abgesetzt, um ihn fester zuzuschnüren. Sie musste sich bei ihrem Sprung durchs Fenster verletzt haben.

Kim hastete vorwärts. Ihre Schuhe waren mittlerweile komplett durchgeweicht. Das Rennen fiel ihr zunehmend schwerer. Ihre Schnittwunden schmerzten, ihre Beine protestierten, die Lunge brannte und sie schwitzte und fror zugleich. Sie brauchte dringend eine Pause, traute sich aber nicht, stehenzubleiben. Je tiefer sie in den Wald kam, desto enger standen die Fichten beieinander. Ihre schneebedeckten Nadeln reichten bis zum Boden und bildeten nur schwer überwindbare Hindernisse. Nach einiger Zeit blieb sie stehen, beugte sich nach vorne und atmete mehrmals tief ein und aus. Sie schaute zurück und erschrak, als sie ihre Fußspuren sah. Für den Mann, der sie verfolgte, war es ein Kinderspiel, sie zu finden. Sie lauschte. Nur das leichte Wispern des Windes war zu hören. Sie brauchte jetzt dringend einen Plan, wollte sie lebend aus dieser Situation herauskommen. Aber was konnte sie in diesem verschneiten Fichtenwald schon tun? Weiterrennen. Und dann erschöpft zusammenbrechen. Ihr Verfolger bräuchte ihr dann nicht mal mehr eine Kugel in den Kopf jagen, sondern konnte sie einfach nur liegenlassen und ihr beim Sterben zusehen. Oder sie gab jetzt schon an dieser Stelle auf und wartete auf ihr unvermeidliches Ende. Bei diesem Gedanken sah sie ihren Vater vor sich, als sie ihn das letzte Mal mit ihrer Mutter im Gefängnis besucht hatte. Schweigsam war er gewesen, fast apathisch hatte er gewirkt. Kim hatte den Eindruck gewonnen, als würde er ihrem Blick ausweichen, als ob ihn etwas belasten würde, er aber nicht darüber sprechen wollte. Ein paar Wochen später hatte ihnen die Polizei mitgeteilt, dass er in seiner Zelle tot aufgefunden worden war. Todesursache: Suizid.

Mit der Erinnerung kam auch wieder die Wut, dieses kalte, weiße Gefühl, das alles andere verdrängte. Wie konnte man sich als Vater nur so aus der Verantwortung stehlen? Nein, sie würde auf jeden Fall nicht einfach so aufgeben. Sie lief weiter, bahnte sich einen Weg durch die eng stehenden Fichten, die ihren weißen, pudrigen Schnee über ihr abwarfen, sobald sie sich zu nah an ihnen durchzwängte. Fünf Minuten vergingen, dann lichtete sich der Wald und Kim stand an einem kleinen Fluss, der sich durch die Schneelandschaft schlängelte und auf dessen Wasser sich eine Eisschicht gebildet hatte. Kim blieb stehen und schaute sich um. Sie betrachtete den zugefrorenen Fluss. Mit einem Mal wusste sie, was zu tun war. Sie ging zu der Stelle, an der ein paar Fichten bis dicht an den Fluss heranreichten und trat mit ihrem linken Fuß auf die Eisschicht. Sie gab nach und zerbrach. Kim fischte ein Stück Eis mit einer scharfen, spitzen Kante aus dem Fluss. Sie zog ihren Pullover über ihre Hand, um das Eisstück besser packen zu können und trampelte mehrmals über das schneebedeckte Ufer, um ihren Verfolger keinen deutlichen Anhaltspunkt zu geben, wo sie sich befand. Schließlich zog sie sich vorsichtig zwischen zwei Fichten zurück. Dort wartete sie und hoffte, dass der Mann, der ihr folgte, auftauchte, bevor das Stück Eis, das sie umklammerte, anfing zu schmelzen.

Max blieb für einen Moment stehen und schloss die Augen. Er spürte, dass die Frau, der er folgte, ganz in der Nähe war. Er stand vor einem Fluss, der größtenteils zugefroren war und stellte sich vor, wie sie hinter einer dieser Fichten stehen musste, durchgefroren und verängstigt, ihn vielleicht in diesem Moment sah, den Blick nicht von ihm wenden konnte und versuchte, so leise wie möglich ein- und auszuatmen. In diesem Moment klingelte sein Handy. Reflexartig holte er es aus seiner Hosentasche, schaute auf das Display und wischte das grüne Telefonsymbol nach oben. Doch noch bevor er etwas sagen konnte, spürte er einen scharfen Stich am Hals, knapp unter seinem rechten Ohr. Dann einen heftigen Stoß, der ihn vorwärts taumeln ließ. Max stolperte über einen auf dem Boden liegenden Ast, fiel und brach durch die dünne Eisschicht des Flusses. Er hatte gerade noch Zeit einzuatmen, dann empfing ihn das Wasser mit einer kalten, festen Umarmung. Sein Körper wurde nach unten gedrückt, während er seine Hände reflexartig auf die Wunde am Hals presste, um das Blut zurückzuhalten, das aus seinem Körper herauspulsierte. Panik überfiel ihn. Verzweifelt versuchte er, mit den Füßen auf dem Boden Halt zu finden, aber sie traten immer wieder ins Leere, so sehr er sich auch bemühte. Dann setzte sein Atmungsreflex wieder ein und ein Schwall kalten Wassers drang in seine Lunge. In diesem Augenblick packte ihn eine fast schon gierige Sehnsucht nach Leben. Er fühlte einen unstillbaren Hunger nach dem Frühling, der diesem Winter unweigerlich folgen würde, nach einer wärmenden Sonne, nach den Farbtupfern von Krokussen, Tulpen, Duftveilchen und Osterglocken und dem Vogelgezwitscher bei Tagesanbruch. In sekundenschneller Abfolge zogen Momente seines Lebens an ihm vorbei: wie er während eines Einsatzes aus einem Fenster sprang und sich dabei den Fuß brach, wie er ein leeres Weinglas in einer lauen Sommernacht auf den Balkontisch abstellte, wie er das Gesicht von Meret in den Händen hielt, wie er im Winter vor einem Jahr Ski fahren gelernt hatte. Die Sequenzen seines Lebens folgten in immer schnellerer Folge aufeinander, ein Strudel an Erinnerungen, der ihn hinabführte bis zu seinem ersten Schrei, der ihn ins Leben geführt hatte. Dann empfing ihn Dunkelheit und Stille.

Kim stand am Ufer und betrachtete den Mann, der verzweifelt um sein Leben kämpfte. Ihr ganzer Körper zitterte vor Anstrengung und Kälte. Nur langsam drang eine Stimme in ihr Ohr, die immer wieder den gleichen Namen wiederholte.

„Max? Max, bist du da? Was ist denn los? Max, jetzt sag doch was."

Kim hob das Handy des Mannes aus dem Schnee und ließ es durch das Eisloch ins Wasser fallen.

4

AUTOBAHN

Bruce beobachtete im Rückspiegel, wie Maria genervt ihr Handy neben sich ablegte.

„Ich verstehe das nicht", sagte Maria. „Er nimmt ab, antwortet aber nicht. Dass er in einem Funkloch steckt, kann eigentlich nicht sein. Laut Plan müsste er schon auf dem Weg nach Freiburg sein. Gib mir mal die Straßenkarte. Ich habe die Stelle markiert, wo das Hotel liegt, in dem er abgestiegen ist".

Ohne den Blick von der Straße zu wenden, öffnete Bruce mit der rechten Hand das Handschuhfach, holte die Straßenkarte heraus und reichte sie nach hinten.

„Das Hotel liegt fast auf dem Weg. Da vorbeizuschauen, kostet uns vielleicht eine halbe Stunde", meinte Maria, nachdem sie einen Blick auf die Karte geworfen hatte.

„Ich weiß nicht, Maria. Warum sollte Max sich da noch aufhalten? Lass uns lieber direkt nach Freiburg fahren und dort nach ihm suchen."

Bruce drehte sich zu Maria um, sah ihr in die Augen und wusste in diesem Moment, dass eine weitere Diskussion sinnlos wäre.

„Na gut, sag mir, wie ich fahren soll."

Er spürte, wie sich seine Schultern leicht anspannten und versuchte die aufkommende Verspannung durch tiefes Ein- und Ausatmen zu lösen.

5

SCHWARZWALD

Kim löste sich aus ihrer Starre. Der Todeskampf des Mannes vor ihr war vorbei. Seine Leiche schaukelte sanft auf dem Wasser und stieß dabei immer wieder gegen das Eis. Ganz nah war er ihr. Sie müsste sich nur auf den Bauch legen und den Arm ausstrecken, dann könnte sie ihn berühren. Der Gedanke, in den Kleidungsstücken des Mannes irgendetwas zu finden, das sie verstehen ließ, warum er den Hotelbesitzer ermordet und sie verfolgt hatte, erregte sie. Neben der körperlichen Erregung spürte sie auch einen Anflug von Irritation. Sie hatte einen Mann getötet. Sie, Kim Martín, hatte einen Mann getötet. Sie musste kichern und obwohl es absolut unpassend war, konnte sie nicht damit aufhören. Erst als sie sich mit der Hand mehrmals auf die linke Wange schlug, wurde sie ruhiger. Hab Dich im Griff! Du musst ins Warme! Sie machte zwei Schritte nach vorne, legte sich in den weichen Schnee, streckte den linken Arm aus, packte den Rucksack, den der Mann auf dem Rücken trug und zog die Leiche ans Ufer. Sie durchsuchte die Jacken- und Hosentaschen des Mannes, fand aber nur einen Autoschlüssel. Dann streifte sie dem Mann den Rucksack über den Kopf, klemmte ihn sich unter den Arm und machte sich auf den Rückweg zum Hotel.

Mit letzter Kraft erreichte Kim die Stelle, an der sie in den Wald hineingerannt war. Sie lehnte sich an einen Baum und schaute hinüber zum Hotel. Soweit sie es überblicken konnte, war in der letzten Stunde niemand vorbeigekommen. Sie lief weiter. In der Empfangshalle ging sie sofort zu dem Heizkörper unter dem großen Fenster und lehnte sich dagegen. Sie schloss die Augen und wartete darauf, dass die Wärme der Heizung einen Weg ins Innere ihres Körpers fand. Nach einer Weile begannen ihre Finger zu kribbeln und ihr Körper entspannte sich langsam. Doch mit der körperlichen Entspannung kam die gedankliche Unruhe. Sie wusste, dass sie jetzt die Polizei anrufen musste. Sie wusste auch, dass sie von der Polizei nichts zu befürchten hatte, denn sie hatte in Notwehr gehandelt, als sie den Mann getötet hatte. Aber da war auch die Stimme ihrer Mutter, die seit Kims frühester Kindheit auf die deutsche Justiz und Polizei geschimpft hatte, weil diese ihren Mann zu Unrecht des Drogenschmuggels aus Mexiko beschuldigt und ihn dann unschuldig ins Gefängnis gesteckt hatte. Immer wieder hatte die Mutter die Polizei als rassistisch bezeichnet und Kim nachdrücklich eingeschärft, dass sie mit der dunklen Hautfarbe, die sie von ihrem Vater geerbt hatte, Polizisten nicht trauen dürfe. Die Mutter hatte in diesem Zusammenhang auch immer wieder erzählt, dass die Polizei schuld daran sei, dass Kims Vater nicht mehr lebte. Kim schob die Entscheidung, die Polizei anzurufen auf später. Sie öffnete den Rucksack des toten Mannes und durchsuchte ihn. Der Rucksack enthielt neben einem Kulturbeutel und einem Satz frischer Unterwäsche noch einen schwarzen Geldbeutel, einen Schlüsselbund, ein dünnes Notizbuch und eine silberne Pistole, die in der hellen Empfangshalle matt glänzte. Kim nahm das Notizbuch in die Hand und blätterte es durch. Auf den ersten Blick schien es im Wesentlichen lange Zahlen- und Buchstabenreihen, Namen und Abkürzungen zu enthalten. Der letzte Eintrag lautete MBFCM10. Sie steckte das Notizbuch wieder zurück in den Rucksack und plötzlich war dieser Gedanke da. Was, wenn der Mann noch Komplizen hatte? Wenn er vielleicht sogar mit ihnen im Hotel verabredet war? Kim spürte, wie sie panisch wurde. Sie musste so schnell wie möglich von hier weg. Sie sprang auf und rannte zu ihrem Zimmer, spülte notdürftig ihre Schnittwunden aus. Wechselte ihre Kleidung, stopfte ihre Sachen in den kleinen Rollkoffer und lief nach draußen in Richtung ihres Autos, das auf dem Hotelparkplatz stand.

Hastig schloss sie ihren VW Polo auf, warf den Rollkoffer und den Rucksack auf den Rücksitz, ließ sich in den Fahrersitz fallen und wurde langsam etwas ruhiger. Sie zwang sich, nochmal über ihre Situation nachzudenken. Hatte sie alle persönlichen Dinge eingepackt? Gab es irgendeinen Hinweis, der darauf hindeutete, dass sie in dem Hotel gewesen war? Das Gästebuch des Hotels. In dem Hotel hatte es tatsächlich noch ein Gästebuch gegeben. Sie hatte ihren Namen und ihre Adresse dort eingetragen. Sie rannte zum Hotel zurück. Ein Blick zum Rezeptionstisch. Dort lag kein Gästebuch. Erst jetzt merkte sie, dass die Leiche des Hotelbesitzers nicht mehr hinter der Rezeption lag und für einen kurzen Moment war sie sich sicher, dass in den nächsten Sekunden ein Zombie auftauchen und sie anfallen würde. Lächerlich. Der Mann musste die Leiche weggeschafft haben, bevor er ihr gefolgt war. Nach kurzer Suche fand Kim das Gästebuch in einer der Schubladen des Rezeptionstisches und riss die Seite, auf der ihr Name stand, heraus. Danach machte sie sich wieder auf den Weg zum Auto. Sie hatte den grauen Volvo, der in der Nähe des Hoteleingangs parkte, auch schon vorher wahrgenommen. Als sie diesmal an dem Volvo vorbeilief, wurde ihr jedoch bewusst, dass dies das Auto des Mörders sein musste. Sie erinnerte sich, dass sie in der Jackentasche des Mannes einen Autoschlüssel gefunden und ihn eingesteckt hatte. Sie wägte ab. Die Neugier gegen die Angst. Sie gab sich fünf Minuten für das Durchsuchen des Autos.

Im Kofferraum fand sie einen kleinen Koffer. Sie öffnete und durchsuchte ihn. Ein schwarzer USB-Stick erregte ihre Aufmerksamkeit. Sie steckte ihn in ihre Hosentasche und warf einen Blick auf ihre Uhr. Es war mittlerweile fünf Minuten nach neun. Die letzten zwei Stunden, so schien es ihr, war sie Zuschauerin und Protagonistin eines Films gewesen, den sie sich in ihren schlimmsten Albträumen nicht hätte ausdenken können. Sie ging weiter in Richtung ihres Autos. Es hatte aufgehört zu schneien. Im Osten begann die dicke Wolkendecke sich aufzulösen. Verschiedene Weißtöne hatten sich in das Grau gemischt und an einigen Stellen schien der Himmel durch. Der Polo sprang problemlos an und Kim fuhr auf die kleine Straße, die sie nach wenigen hundert Metern zur Landstraße bringen würde. Der Motor schnurrte wie eine Katze, der man den Bauch kraulte und gab eine wohlige Wärme ins Innere des Autos ab. Noch hielt bei Kim die durch das ausgeschüttete Adrenalin hervorgerufene Erregung und Wachsamkeit an, aber bald würde in dem Maße, wie das Adrenalin abgebaut wurde, das Hormon Cortisol produziert werden. Dies sorgte zwar auch für Wachsamkeit im Körper, aber weit weniger stark als das Adrenalin. Der Körper schaltete einen Gang runter und in absehbarer Zeit würde auch die durch das Cortisol gesteuerte Wachsamkeit nachlassen und Müdigkeit einsetzen. Das wusste Kim noch, weil sie nach dem Abitur zwei Semester Biologie studiert hatte. Bis zum Einsetzen dieser Müdigkeit musste sie unbedingt einen Ort gefunden haben, an dem sie sich ausruhen und sicher fühlen konnte. Sie entschied sich, nach Freiburg zu fahren und dort ein Hotelzimmer zu nehmen. Zu weiteren Plänen war sie im Moment nicht fähig. Kim beschleunigte und die Tachonadel kletterte auf 90 Stundenkilometer.

Bruce setzte den Blinker und bog nach links ab. Die Straße, die vor ihnen lag, führte steil nach oben durch einen dichten Fichtenwald. Laut Karte waren es noch ungefähr zwanzig Kilometer bis zum Hotel. Wäre es nach Bruce gegangen, hätten sie ein Navigationsgerät zur Orientierung benutzt, aber Maria hatte sich von Anfang an geweigert, mit einem Navigationsgerät zu fahren. Sie wollte keine elektronischen Spuren hinterlassen.

„Gibst du mir bitte mal die Wasserflasche?", fragte Bruce Maria.

Zu den Schulterverspannungen hatte Bruce jetzt auch noch einen trockenen Mund bekommen. In letzter Zeit reagierte sein Körper immer stärker darauf, wenn nicht alles genau nach Plan verlief. Er fühlte sich mit seinen sechsundvierzig Jahren alt und das gefiel ihm überhaupt nicht. Maria schraubte den Deckel der Wasserflasche auf und reichte sie Bruce. Das Wasser schmeckte fahl und abgestanden, aber für einen kurzen Moment fühlte sich Bruce Mund etwas weniger trocken an und er konzentrierte sich wieder auf die Straße, die wie ein graues Band in einem weiß-grün gezeichneten naiven Landschaftsbild vor ihm lag. Nach kurzer Zeit veränderte sich die Farbzusammensetzung der Landschaft. Ein roter Punkt geriet in Bruce Blickfeld. Kurz darauf konnte er einen roten VW Polo erkennen, der am Straßenrand hielt. Die Fahrertür war geöffnet und eine junge Frau stand leicht vornübergebeugt neben dem Auto, die Hände auf den Oberschenkeln abgestützt. Bruce verringerte die Geschwindigkeit und spürte im gleichen Augenblick, wie Maria hinter ihm den Kopf schüttelte.

„Ich halte das für keine gute Idee", hörte er sie dann auch sagen. „Wir haben nicht die Zeit für so was und je weniger Leute uns hier in der Gegend sehen, desto besser."

Bruce wusste, dass Maria Recht hatte, aber ihr bestimmender Ton nervte ihn. Und es war nicht das erste Mal, dass er sich neben Maria vorkam, wie ein kleiner Junge, dessen Mutter ihm nach dem Abendessen mit Freunden unmissverständlich deutlich machte, dass es nun an der Zeit war, in sein Zimmer zu gehen, weil die Erwachsenen unter sich sein wollten. Bruce brachte den Wagen neben dem Polo zum Stehen und ließ das rechte Seitenfenster hinunter.

„Brauchen Sie Hilfe?"

Der Mann, der Kim durch das offene Seitenfenster ansprach, wirkte durch die Narbe über seiner Oberlippe so verletzlich, dass Kim den dringenden Wunsch verspürte, sich ihm anzuvertrauen und ihm von dem toten Hotelbesitzer und dem Mann zu erzählen, dessen Körper im eisernen Griff des Wintereises eines namenlosen Flusses gefangen gehalten wurde. Während der Fahrt war ihr plötzlich so übel geworden, dass sie anhalten musste. Sie war am Ende ihrer Kräfte. Kim richtete sich auf.

„Mir ist plötzlich schlecht geworden. Ich hatte einen etwas ungewöhnlichen Tag." Kim lächelte gequält. „Aber es geht schon wieder besser, es ist nur …"

Kim brachte den Satz nicht zu Ende. Ihr Blick wanderte zu der schwarzhaarigen Frau im Fonds des Wagens, die angestrengt aus dem Fenster schaute.

„Es ist nur ", nahm Kim ihren Satz wieder auf. Sie schaffte es nicht, den Blick von der Frau abzuwenden, die sich mittlerweile Kim zugewandt hatte und sie mit einem ungeduldigen, leicht genervten Gesichtsausdruck anschaute. Das Gefühl der Geborgenheit, das sie beim Anblick des Mannes gespürt hatte, war verschwunden.

„Es ist nur", Kim zwang sich mit der ganzen Kraft, die sie noch hatte, den Satz diesmal zu Ende zu bringen. „Ich habe heute Geburtstag und habe heute früh einen Mann getroffen, der mir nicht mehr aus dem Kopf geht", sagte Kim, die nicht wusste, wie ihr dieser Satz plötzlich in den Sinn kam, aber zumindest war das nicht gelogen.

„Na dann", sagte Bruce, „alles Gute zum Geburtstag und eine angenehme Weiterfahrt."

Er schenkte Kim ein kurzes Lächeln und setzte den Wagen wieder in Bewegung.

„So, so, sie hat heute früh einen Mann kennengelernt, der ihr nicht mehr aus dem Kopf geht. Dann ist ihr schlecht geworden und sie konnte nicht weiterfahren. Wie gut, dass du angehalten hast", meinte Maria spöttisch. „Und jetzt gib bitte Gas, ich will wissen, was mit Max los ist."

Zehn Minuten später lenkte Bruce den VW-Bus auf die Nebenstraße, die nach wenigen hundert Metern am Hotel endete.

„Du hattest Recht, Max ist doch noch hier", Bruce zeigte in Richtung des grauen Volvos. „Mir gefällt das alles nicht."

Bruce und Maria schauten fassungslos auf Max Leichnam, der am Ufer eines zugefrorenen Flusses lag. An seinem Hals war noch die mattrotschimmernde Wunde zu erkennen.

„Wir sind vorhin Max Mörderin begegnet", sagte Maria. „Die Frau in dem roten VW Polo. Ich bin mir sicher, das war sie."

„Diese junge, zierliche Frau soll Max getötet haben? Ich kann mir das nur schwer vorstellen", entgegnete Bruce.

„Irgendetwas muss in dem Hotel vorgefallen sein. Max muss sie als Bedrohung wahrgenommen und bis hierher verfolgt haben. Schau mal", sagte Maria, ohne auf Bruce einzugehen und zeigte auf ein paar Fußspuren hinter ein paar Fichten. „Hier muss sie sich versteckt haben. Vielleicht hatte sie ein Messer dabei, hat dann von hinten zugestoßen und Glück gehabt, die Halsschlagader zu treffen. So muss es gewesen sein. Dieser verfluchte Max, er hat unsere gesamte Aktion gefährdet. Bruce, lass uns nach Freiburg fahren."

„Aber", meinte Bruce, „wir können Max doch nicht hier liegenlassen." Tränen stiegen ihm in die Augen und er hasste sich dafür. Er kniete nieder, hob Max hoch und versuchte ihn zu tragen. Doch der Leichnam war zu schwer und so legte Bruce ihn wieder auf den Boden, fasste seinen linken Fuß und zog ihn hinter sich her. Von Maria war bereits nichts mehr zu sehen.

Als Bruce das Hotel erreichte, kam ihm Maria entgegen.

„Ich bin noch einmal durchs Hotel gegangen. Ein toter Max, ein verlassenes Hotel und ein zerbrochenes Fenster im Restaurantbereich. Mehr haben wir nicht. Ein verfluchtes Shining-Szenario ist das hier. Lass uns abhauen. Ich nehme den Volvo und du den VW-Bus", sagte Maria. Sie ging zum Volvo, schloss ihn kurz und fuhr los. Bruce bettete Max Leichnam auf die Rückbank des VW-Buses und zog eine Decke über ihn. Dann folgte er dem Volvo.

6

KHARTUM

Der hagere, große Mann mit kurzen grauen Haaren schob dem sudanesischen Zollbeamten seinen Pass entgegen. Während der Zollbeamte ihn musterte, dachte der Mann an die zurückliegenden Tage. Vor zwei Wochen war er im Süden des Landes aufgebrochen. Er hatte unzählige Stunden in überfüllten Bussen gesessen, die auf staubigen Straßen an kleinen Hüttenansammlungen vorbeifuhren, an Ziegenherden und Kindern, die ihnen ein paar Meter hinterherrannten. Übernachtet hatte er in armseligen Pensionen. Vor drei Tagen war er dann in Khartum angekommen, wo seine Kontaktperson ihm ein Zimmer im Al-Fateh Hotel reserviert hatte. Die Stadt hatte sich verändert, seitdem er das letzte Mal hier gewesen war. Damals sah man überall Menschen in kleinen Gruppen zusammenstehen. Eine ausgelassene Stimmung herrschte auf den Straßen. Immer wieder gab es spontane oder geplante Demonstrationen. Das Militär schaute nur zu. Die Aufbruchsstimmung in der Stadt war körperlich spürbar gewesen. Doch mittlerweile hatte der Krieg die Stadt wieder fest im Griff. Die Hoffnung auf eine bessere Zukunft nach der Absetzung von Omar al-Bashir war verflogen.

Krieg und Gewalt war der Mann gewohnt. Die aktuelle Situation im Sudan war für ihn jedoch alles andere als erfreulich. Die Leute, auf die er sich jahrelang verlassen hatte, waren tot oder mit dem eigenen Überleben beschäftigt. Der Mann wusste, dass damit seine Sicherheit in diesem Land nicht mehr gewährleistet war. Für ihn wurde es höchste Zeit, den Sudan zu verlassen. Der Zollbeamte reichte ihm seinen Pass. „Eine gute Reise, Herr Nganga."

Sein Platz in der Business Class fühlte sich äußerst bequem an und noch vor dem Abflug servierte der Steward ihm eine Flasche Wasser. Er merkte, wie die Anspannung der letzten Tage langsam nachließ. Zufrieden blätterte er durch seinen Pass, der ihn als kenianischen Staatsbürger auswies. Vincent Nganga, dieser Name war ihm mittlerweile vertraut geworden. Der Pass und insbesondere das Visum für die Einreise nach Deutschland waren sein Geld wert. In ein paar Stunden würde er in Istanbul zwischenlanden und ein paar Stunden später seinen Anschlussflug zum internationalen Flughafen Basel/Mühlhausen nehmen. Wenn alles nach Plan verlief, würde er Freiburg am 2. Januar am späten Nachmittag erreichen. Der Mann lehnte sich zurück, schloss die Augen und schlief ein, noch bevor das Flugzeug abhob.

7

FREIBURG

Kim war vor ungefähr einer Stunde in Freiburg angekommen und hatte sich ein Zimmer für eine Nacht in einem einfachen Hotel genommen.

Als die Tür des Hotelzimmers hinter ihr ins Schloss fiel und sie durch das Fenster einen Blick nach draußen warf, kam ihr die ganze Situation surreal vor. Noch einmal dachte sie daran, zur Polizei zu gehen. Aber dann hatte sie wieder die Stimme ihrer Mutter im Ohr, die ihr davon abriet, der Polizei zu vertrauen. Und außerdem war sie verdammt neugierig, zu erfahren, warum der Mann im Hotel erst den Hotelbesitzer getötet und dann sie verfolgt hatte.

Kim überlegte, ob sie erst auf die zahlreichen Geburtstagswünsche antworten sollte, die sie in den letzten Stunden zugeschickt bekommen hatte. Dann holte sie aber doch den USB-Stick, den sie im grauen Volvo gefunden hatte, aus ihrer Tasche, steckte ihn in ihren Laptop und öffnete ihn. Unter den Namen ‚Kony‘, ‚Freiburg‘ und ‚Netzwerk‘ waren auf dem Stick drei

Dokumente eingerichtet. Als erstes öffnete sie das Dokument ‚Netzwerk', in dem lediglich eine Internetadresse angegeben war: https://bvklnv§47mb37tp.onion. Sie gab die Adresse in ihren Browser ein, wurde jedoch zu keiner Webseite weitergeleitet. Anschließend öffnete sie die beiden anderen Dokumente. Auf mehreren Seiten fand sie dort stichwortartig zusammengetragene Informationen. Kim überflog die Dokumente. Schnell hatte sie einen groben Überblick über die Situation gewonnen, in die sie hineingeraten war. Bei dem Mann aus dem Hotel und noch zwei anderen, mit B. und M. bezeichneten, Personen – wahrscheinlich der Mann und die Frau in dem VW-Bus – handelte es sich um Attentäter. Sie planten am 3. Januar, also am nächsten Tag, einen gewissen Joseph Kony umzubringen, der unter falschem Namen nach Freiburg kommen und sich dort einer chirurgischen Gesichtsoperation unterziehen lassen wollte. Laut den in den Word-Dokumenten angegebenen Informationen war Joseph Kony 1961 in Uganda geboren und hatte dort im Jahre 1987 die Lord's Resistance Army als Widerstandsbewegung gegen die ugandische Regierung gegründet. Er strebte die Errichtung eines Gottesstaates an, in dem die Menschen ihr Leben nach den in der Bibel beschriebenen zehn Geboten ausrichten sollten. Im Verlaufe der darauffolgenden Jahrzehnte führte die Lord's Resistance Army einen grausamen Krieg gegen die Zivilbevölkerung im Norden Ugandas. Später dann auch gegen die Bevölkerung im Südsudan und Tschad sowie in der Zentralafrikanischen Republik.

Der Lord's Resistance Army wurden zahllose Verbrechen gegen die Menschlichkeit vorgeworfen und immer wieder wurde sie als eine der brutalsten Rebellenbewegungen weltweit bezeichnet. Angesichts dessen leitete der Internationale Strafgerichtshof Ermittlungen gegen Joseph Kony ein und erließ schließlich Haftbefehl gegen ihn. Allerdings konnte er bisher nicht gefasst werden. Immer wieder hatten sich seine Spuren im Süden Sudans verloren. Aber nun, so schien es, war ihm jemand nahegekommen, sehr nahe. Und dieser jemand hatte ein Attentatskommando losgeschickt, das morgen früh in einer Klinik etwas außerhalb von Freiburg zuschlagen wollte. In keinem der Dokumente konnte Kim jedoch Hinweise auf den Auftraggeber des Mordkommandos finden. Sie wandte sich wieder dieser mysteriösen Internetadresse zu.

8

S C H W A R Z W A L D

„Wir müssen die Exekution von Kony canceln." Bruce lehnte an einem Baum und versuchte seinen Rücken zu entspannen. Schon kurz nach ihrem Aufbruch aus dem Hotel hatte Bruce Maria angerufen und sie gebeten die Autos irgendwo zu parken und miteinander zu reden. Sie waren noch ein paar Kilometer gefahren und dann in einen Waldweg abgebogen, wo sie den VW-Bus und den Volvo unbeobachtet abstellen konnten.

„Kommt überhaupt nicht in Frage", Marias Stimme nahm einen drohenden Unterton an. „Seit mehr als einem Jahr sind wir an Kony dran und jetzt kommt er nach Deutschland. Das ist ein Geschenk des Himmels. Bruce, diese Gelegenheit bekommen wir nie wieder! Oder willst du, dass dieses Schwein mit einem neuen Gesicht wieder wegfliegt und in einem afrikanischen Land untertaucht? Willst du das?"

Bruce antwortete nicht sofort. In den vielen Jahren, in denen er mit Maria zusammenarbeitete, hatte er gelernt, dass es besser war, nicht seinen Impulsen zu folgen. Je ruhiger und besonnener er mit Maria redete, je mehr er auch auf die Argumente von ihr einging, desto größer war die Chance, zu ihr durchzudringen.

„Maria, ich weiß, dass das eine einmalige Möglichkeit ist und du weißt, dass ich diesen Kriegsverbrecher lieber heute als morgen tot sehen möchte. Aber Fakt ist, diese Frau hat offensichtlich Max Rucksack mitgenommen, sonst hätten wir ihn gefunden. Und wir wissen nicht, was Max dabeihatte und ob die Frau über unsere Aktion Bescheid weiß. Maria, Max ist tot, verstehst du das nicht? Wir können nicht einfach so weitermachen, als wäre nichts passiert."

„Max wusste, auf was er sich einlässt. Wir alle wissen das. Ich ziehe das notfalls auch alleine durch. Du weißt, wo du mich findest."

Ohne eine Antwort abzuwarten, ging Maria zurück zum Volvo und fuhr davon. Bruce sah, wie sich der Wagen in Richtung Hauptstraße entfernte und dann hinter einer Kurve verschwand.

Bruce zwang sich, an Max zu denken. Er suchte nach einer Erinnerung, die die Tür aufschließen konnte, hinter der sein Schmerz eingeschlossen war. Ein Schmerz, von dem er wusste, dass er in den nächsten Wochen in alle Regionen seines Körpers einsickern und auch die letzten Gefühle von Demut und Mitgefühl, die er sich erhalten hatte, vertreiben würde, sollte es ihm nicht gelingen, sich diesem Schmerz zu stellen und ihn als das zu akzeptieren, was er war. Ein Teil von ihm, ein langjähriger Weggefährte.

Bruce erinnerte sich, wie er Max vor ungefähr sechzehn Jahren auf einer Geburtstagsparty einer gemeinsamen Freundin kennengelernt hatte. Es war ein Samstag, Ende Februar gewesen. Max und er waren auf den Balkon geflüchtet. Drinnen in der Wohnung standen sich die Gäste auf den Füßen und es glich einem Wunder, dass der verbliebene Sauerstoff nicht dazu führte, dass einer nach dem anderen umkippte. Sie hatten sich zuerst über die Party unterhalten und waren dann auf Filme zu sprechen gekommen. Da Max sich gerade zum zehnten Mal „Spiel mir das Lied vom Tod" angeschaut hatte, sprachen sie fast eine Stunde über ihre Lieblingsszenen des Films und ließen diese vor dem Hintergrund einer kalten sternenklaren Frankfurter Winternacht wieder aufleben. Bruce erinnerte sich noch daran, dass sie auch länger darüber sprachen, ob man einen Film verehren dürfe, der gegen Ende mit einer männerkumpanenhaften Nonchalance Claudia Cardinale den Blicken einer Horde von Eisenbahnbauern aussetzt. Max hatte dann irgendwann den Vorschlag gemacht, dass man „Spiel mir das Lied vom Tod" vielleicht immer nur im Zusammenhang mit „Kill Bill" anschauen solle. Uma Thurman würde sich im Gedächtnis letztendlich auf Dauer gegen Charles Bronson durchsetzen. Von da an war es nur ein kleiner Sprung zum Thema „Rachefilme" und zur Frage, mit welchen Figuren sie sich am ehesten identifizieren würden oder ab wann ein Rachefeldzug aus ihrer Sicht moralisch zu rechtfertigen sei. In dieser Nacht verbachten sie fast zwei Stunden auf dem Balkon und merkten erst wie kalt ihnen war, als sie wieder in die Wohnung hinein gingen. Zu diesem Zeitpunkt waren schon fast alle Gäste gegangen, aber Max überredete Bruce dazu, mit ihm ein letztes Bier zu trinken. Als sie miteinander anstießen, setzte Max sein unwiderstehliches Lächeln auf und meinte. „Mir ist da gerade eine gute Geschäftsidee gekommen". Es war dieser Satz, der von nun an das Leben beider bestimmen sollte. Ein Satz, der sie in einen Strudel aus Erregung, Lebenslust, Verzweiflung und Gewalt schmeißen und dazu führen sollte, dass viele Jahre später das Leben von Max in einem dunklen, verschneiten Wald im Süden Deutschlands ein Ende nahm. Was wäre gewesen, dachte Bruce, wenn damals noch ein anderer Gast auf den Balkon gekommen wäre und das Gesprächsthema eine andere Richtung genommen hätte? Oder wenn er auf das letzte Bier verzichtet hätte und nach Hause gegangen wäre?

Bruce fror. Er stand mittlerweile seit mehr als einer Stunde in der Kälte. Er holte Max aus dem Auto. Trug ihn weiter in den Wald hinein. Ließ ihn liegen. Was sollte er sonst tun? Er kehrte wieder zurück zum Wagen, drehte die Heizung voll auf und fuhr los. Vielleicht ist das der richtige Zeitpunkt, um auszusteigen, dachte er. Schon vor längerer Zeit war ihm klargeworden, dass er für dieses Leben, das er gewählt hatte, nur noch begrenzt Kraft hatte und dass sein moralischer Kompass durcheinandergeraten war. Er hatte angefangen vorzusorgen, Geld gespart, sich ein kleines Häuschen in der Extremadura gekauft, einen Pass auf einen anderen Namen besorgt.

Ein schwarzer Golf überholte ihn und verschwand in einer Rechtskurve. Wohin sollte er fahren? Noch etwa vierzig Kilometer bis Freiburg oder noch gut eintausend Kilometer bis zu seinem Haus in der Extremadura? War es ihm egal, was aus Maria wurde? Aus dem gesamten Projekt? Ob Joseph Kony weitermordete? Er wusste es nicht. Hinter der nächsten Kurve tauchte ein Gasthof auf und Bruce merkte, wie hungrig er war. Er parkte den VW-Bus auf dem Parkplatz des Gasthofs, stieg aus, ging zum Eingang und öffnete die Tür.

9

FLUGHAFEN BASEL

Der Pilot leitete den Sinkflug ein. Kurz darauf durchbrach das Flugzeug die kompakte grauweiße Wolkendecke. Der hagere Mann sah von seinem Sitz aus Basel unter sich liegen. Der Rhein malte der Stadt ein Grinsen ins Gesicht und verlor sich dann in der Ferne zwischen verschneiten Waldgebieten und flurbereinigten Feldern. Wie friedlich und kalt, dachte der Mann.

Nach ein paar Minuten setzte das Flugzeug dann so sanft auf der Landebahn auf, dass einige Passagiere klatschten. Weitere zwanzig Minuten später hatte der Mann, der mittlerweile auf den Namen Vincent Nganga hörte, die Passkontrolle passiert, war zu dem Zeitungsstand im französischem Ankunftsbereich des Flughafens gegangen und wartete darauf, dass seine Kontaktpersonen ihn ansprechen würden.

„Herr Nganga, schön Sie hier zu sehen. Ich hoffe, Sie hatten einen angenehmen Flug." Ein kleiner, rundlicher

Mann lächelte vergnügt und streckte dem Mann seine Hand entgegen.

„Ich bin Bernd Schmauch und das hier ist mein Kollege Andreas Schirrle." Er zeigte auf einen hochgewachsenen älteren Mann mit einer leuchtend roten Mütze auf dem Kopf. Dieser warf Kony ein kurzes Nicken zur Begrüßung zu. „Wir bringen Sie in Ihr Hotel und morgen dann auch in die Klinik und sind auch sonst jederzeit für Sie da. Sagen Sie nur Bescheid, wenn Sie irgendetwas brauchen. Aber lassen Sie uns doch am besten gleich zu den Autos gehen, wir fahren Konvoi. Ihre Sicherheit liegt uns am Herzen." Bernd Schmauch lachte kurz auf, als hätte er soeben einen Witz erzählt, den er selbst am lustigsten fand. Dann schlug er den Weg in Richtung der Parkdecks ein. Sein Kollege schloss sich ihm schweigend an. Der hagere Mann folgte den beiden. Draußen auf dem Parkdeck standen drei schwarze Geländewagen. Vincent Nganga wurde gebeten, in den Mittleren einzusteigen. Dann setzte sich der Konvoi in Bewegung.

1 0

FREIBURG

Maria erreichte ihre Zieladresse in Freiburg und parkte den Volvo nur wenige Meter entfernt von der Wohnung, in der sie heute übernachten würde. Sie stieg aus dem Auto und öffnete eine Klappe im hinteren Bereich des Kofferraums. Dann griff sie nach dem Scharfschürzengewehr, das Max dort in einer großen, schwarzen Tasche verstaut hatte und ging zur Wohnung. Diese Wohnung war perfekt. Dachgeschoss, keine Nachbarn auf dem gleichen Stockwerk, anonym, ruhig, hell und auch der Kühlschrank war so voll, dass sie nicht mehr einkaufen musste. Maria hängte einen Stadtplan von Freiburg an die Wand und markierte dort die für die morgige Aktion zentralen Orte mit einem roten Kreuz. Danach setzte sie sich vor den Stadtplan, lehnte sich zurück und betrachtete ihn eingehend. Langsam kehrte wieder Ruhe in ihr ein.

Kim zögerte einen Moment. In den letzten eineinhalb Stunden hatte sie herausgefunden, dass die Endung

‚onion' auf eine Webadresse im Darknet hinwies, die sie über den Thor-Browser ansteuern konnte. Sie hatte diesen Browser heruntergeladen, geöffnet und die mysteriöse Internetadresse eingegeben. Kim gab sich einen Ruck und drückte die Entertaste. Auf dem Bildschirm erschien ein roter Bühnenvorhang. Von oben tropften einzelne schwarze Buchstaben ins Bild, die sich in der Mitte des Vorhangs zu einem Satz formten: ‚Willkommen bei den Gerechten.' Wenig später setzte Zirkusmusik ein und in der rechten unteren Ecke des Bildschirms tauchte eine kleine Zirkusdirektorin auf, die ihren Blick direkt auf Kim zu richten schien.

„Gerechtigkeit ist ein Gericht, das man am besten kalt serviert", mit diesem Satz verschwand die Zirkusdirektorin wieder, der Vorhang ging auf und Kim sah eine der letzten Szenen des Films „Kill Bill Vol. II."

Uma Thurmann und David Carradine sitzen sich an einem Tisch gegenüber.

Thurmann: „Wir sollten noch eine offene Rechnung begleichen."

Carradine: „Baby, das ist kein Spaß."

Ein kurzer Schwertkampf. Dann Thurmanns schnelle Finger auf Carradines Brust.

Carradine: „Pai Mai hat dich die „Fünf-Punkte-Pressur-Herzexplosions-Technik" gelehrt."

Thurmann: „Natürlich hat er das."

Carradine: „Wieso hast du mir das nicht gesagt?"

Thurmann: „Ich weiß es nicht. Vielleicht, weil ich ein schlechter Mensch bin?"

Der Bildschirm wurde schwarz und nach ein paar Sekunden ploppten rote Luftballons auf. Auf jedem Luftballon waren Begriffe oder ganze Sätze geschrieben. Kim klickte auf den Luftballon, auf dem ‚Die Tyrannen – Wer lebt noch?' stand. Der Luftballon verschwand und mehrere Sanduhren schwebten ins Bild. Auch diese waren beschriftet, so gab es die Mörder-, Kriegsverbrecher-, Vergewaltiger-, Terroristen-, Faschisten- und Mitglieder-in-kriminellen-Vereinigungen-Sanduhren. Als Kim auf die Sanduhr ‚Kriegsverbrecher' klickte, erschien eine Exceltabelle, in die mehrere Namen eingetragen waren. Hinter den Namen waren noch vier weitere Spalten eingefügt. In den ersten beiden standen Eurobeträge und in der dritten ein Link. In der vierten Spalte, die die Überschrift

‚Status' trug, konnte Kim die Wörter ‚Fall abgeschlossen', ‚Fall anhängig' und ‚Fall in Arbeit' ausmachen, die in unterschiedlicher Reihenfolge neben die Namen und Eurobeträge geschrieben waren. In der Exceltabelle stand auch der Name ‚Joseph Kony'. Sie klickte auf den Darknet-Link hinter dem Namen und wurde auf eine Webseite weitergeleitet, auf der die Informationen über den Kriegsverbrecher Joseph Kony aufgelistet wurden, die sie bereits kannte.

Als Kim zwei Stunden später den Laptop zuklappte, hatte sie sämtliche Webseiten der Darknet-Plattform der Gerechten durchgelesen. Sie wusste jetzt, dass auf der dunklen Seite des Internets eine Webseite existierte, auf der Menschen aufgelistet wurden, die nach Einschätzung der Webseitenbetreiber unverzeihliche Taten begangen hatten. Diese Taten wurden genau beschrieben und, soweit es den Betreibern möglich gewesen war, mit Beweisen unterlegt. In vielen Fällen hatten die Betreiber die Beweise in detaillierter Detektivarbeit zusammengetragen, indem sie sich als Polizisten oder Privatdetektive ausgegeben und Leute befragt hatten. Teilweise war es ihnen auch gelungen, sich in die digitalen Polizeiarchive zu hacken. All dies war auf der Plattform genauestens beschrieben. Die Betreiber garantierten, die aufgeführten Verbrecher zu töten, sobald eine gewisse Summe gespendet wäre. Für jeden Verbrecher war ein spezifischer Geldbetrag festgelegt. Dessen Höhe hing davon ab, für welche Verbrechen die jeweilige Person ‚angeklagt' wurde und davon, wie aufwändig die Webseitenbetreiber es einschätzten, das ‚Todesurteil' zu vollstrecken. Für den Tod von Joseph Kony war eine Million Euro festgesetzt, eine Summe, die vor ungefähr einem halben Jahr von anonymen Spendern zusammengekommen war.

Wenn Kim die Informationen auf der Webseite der Gerechten richtig verstand, hatten wohl einige Menschen Geld gespendet, die von den Taten der Verbrecher betroffen waren. Diese hofften auf Wiedergutmachung oder sannen auf Rache, weil das staatliche Rechtssystem die Verbrecher nicht ausfindig machen oder ihnen ihre Taten aus Mangel an Beweisen nicht nachweisen konnte. Einige Betroffene dieser Verbrechen waren von den Gerechten wohl gezielt angeschrieben und um Spenden gebeten worden. Ein anderer Teil der Spender hatte offensichtlich durch Werbung im Darknet oder von Mund-zu-Mund-Propaganda von den Gerechten erfahren. Offensichtlich gab es genug Menschen, die bereit waren, kleinere oder größere Geldbeträge zu spenden, um bestimmte Verbrecher tot zu sehen.

Kim überschlug grob die Geldbeträge, die im letzten Jahr zusammengekommen sein mussten. Demnach hatten die Gerechten allein im letzten Jahr nahezu 3 ½ Millionen Euro eingenommen. Kim musste sich eingestehen, dass sie von der Plattform der Gerechten und ihrem Geschäftsmodell fasziniert war. Und wenn sie sich in die Spender hineinversetzte, konnte sich Kim auch vorstellen, wie attraktiv für diese das Angebot der Gerechten sein musste. Neben der Befriedigung des persönlichen Rache- oder Gerechtigkeitswunsches brachte diese Form der ‚Strafverfolgung' den Spendern noch einen weiteren Vorteil. Die persönliche Verantwortung am Mord eines Kriegsverbrechers, Mörders oder Vergewaltigers verteilte sich auf mehrere Schultern und damit konnten auch die Schuldgefühle der Spender klein gehalten werden.

Kim blickte aus dem Fenster. In die Wolken am Himmel war Bewegung gekommen. Sie zogen mittlerweile in größerer Geschwindigkeit Richtung Süden, ballten sich zusammen, rissen wieder auseinander. Bildeten dunkle, schwarze Schatten in einem stürmischen Himmelsmeer.

Was sollte sie mit all diesen Informationen tun? Wieder dachte sie daran, zur Polizei zu gehen und wieder verwarf sie den Gedanken. Sie überlegte, Lynn anzurufen, aber irgendetwas hielt sie auch davon ab. Nein, nicht irgendetwas. Wenn sie tief in sich hineinspürte, konnte sie eine kribbelige Nervosität, eine aufregende Angstlust wahrnehmen, die sie sonst nur beim Anschauen von Horrorfilmen erlebte und die sie so wunderbar lebendig fühlen ließ. Eine Frage blieb jedoch noch unbeantwortet. Auch wenn sie schon sehr viel über die Gerechten wusste, wo genau sollte das Attentat morgen stattfinden? So viele Krankenhäuser oder Kliniken, die gesichtschirurgische Eingriffe vornehmen konnten, gab es in Freiburg und Umgebung sicherlich nicht. Kim schloss den Thorbrowser und öffnete die Suchmaschine von Google.

$$1\,1$$

SCHWARZWALD

In einer Ecke des Gastraumes aß Bruce den Salat des Hauses und spielte dabei in Gedanken den Beginn eines neuen Lebens durch. Er stellte sich vor, wie es wäre, jetzt in den VW-Bus zu steigen, um dann die halbe Nacht durch Frankreich zu fahren und irgendwann in Spanien anzukommen. Er würde in Burgos übernachten und am darauffolgenden Tag nach Cáceres weiterfahren, die Stadt mit etwa 100.000 Einwohnern im Herzen der Extremadura, die in den 80er Jahren wegen ihrer historischen Altstadt zum UNESCO Weltkulturerbe ausgerufen wurde. Dort würde er Lebensmittel kaufen, auf der N-521 nach Aliseda fahren und von da der 303 folgen, bis er am Rand der Sierra de San Pedro in der Nähe eines kleinen Dorfes auf sein altes Steinhaus träfe. Die Sonne wäre mittlerweile untergegangen und die Luft auf unter 10 C abgekühlt. Dann würde er im Kamin ein Feuer entfachen und es sich dort mit Brot, Käse und Wein gemütlich machen.

Die Sehnsucht nach diesem neuen Leben bereitete Bruce körperliche Schmerzen. Doch wenn er ehrlich zu sich war, wusste er, dass er diese Reise in sein neues Leben erst würde antreten können, wenn der Fall Kony auf die ein oder andere Art abgeschlossen wäre. Nach der langjährigen Zusammenarbeit mit Maria, konnte er sie jetzt nicht allein lassen. Er musste morgen an dem Ort sein, an dem Maria plante, Kony zu erschießen, um im Notfall eingreifen zu können. Bruce beschloss, im Gasthaus zu übernachten und morgen früh nach Freiburg zu fahren. Er bliebe dort im Verborgenen, um das Geschehen zu beobachten. Im besten Fall würde Maria Kony, wie geplant erschießen und flüchten. Er selbst träte dann noch am gleichen Tag seine Reise nach Spanien an. Bruce bestellte sich einen Kaffee und fragte nach einem Zimmer für die Nacht.

1 2

F R E I B U R G

Um 21:00 Uhr schaltete Maria das Licht aus und legte sich ins Bett. Sie streckte sich auf der großen bequemen Matratze aus, konzentrierte sich nach und nach auf einzelne Regionen ihres Körpers. Sie versuchte auch die kleinsten Verspannungen wahrzunehmen und diese über eine bestimmte Atemtechnik zu lockern, die sie vor vielen Jahren in einem kolumbianischen Trainingslager der FARC von einem Mitglied der japanischen Roten Armee gelernt hatte. Der Tag hatte sie angestrengt, immer wieder war sie den morgigen Tag in Gedanken durchgegangen. Sie hatte sich dabei gefragt, ob sie den ursprünglichen Plan auch ohne Bruce durchziehen könnte, oder ob sie anders vorgehen sollte. Letztendlich war sie zu dem Schluss gekommen, dass sie morgen alles so umsetzen wollte, wie sie es mit Bruce durchgesprochen und bis ins kleinste Detail geplant hatte. Da Bruce als zweiter Schütze ausfiel, musste sie Kony allein ausschalten. Sie durfte sich nur keinen Fehlschuss leisten.

Durch das große Fenster, das ihrem Bett gegenüber lag, fiel das kalte Licht des Vollmondes in ihr Zimmer. Keine Wolke war zu sehen. Maria nahm dies als gutes Omen für den morgigen Tag und schlief ein.

Sieben Stunden später klingelte der Wecker. Maria fühlte sich erholt und ausgeschlafen. Die innere Unruhe hatte sich über Nacht verflüchtigt und eine vertraute Distanziertheit gegenüber der Außenwelt stellte sich in ihr ein. Maria wusste, dass ihr Körper von jetzt an wie eine gut eingestellte Maschine funktionierte. Eine halbe Stunde später hatte sie zwei starke Kaffee getrunken, sich angezogen und gepackt. Sie warf einen letzten Blick durchs Fenster auf das noch dunkle und verschlafene Freiburg und verließ die Wohnung. Die Fahrt nach Herdern, einem Freiburger Stadtteil, der an ein großes Waldgebiet grenzte, dauerte zehn Minuten. Sie parkte direkt am Waldrand, schulterte die schwere Umhängetasche mit dem Scharfschützengewehr und folgte einem Trampelpfad, der sie in den Wald hineinführte. Bis zur ersten Dämmerungsphase dauerte es noch knapp eine halbe Stunde. Sterne und Mond waren noch sichtbar, so dass sich Maria auch ohne Taschenlampe im Wald gut orientieren konnte. Nach ungefähr einhundert Metern bog sie links in den Wald ein, den Waldrand und die am Wald entlanglaufende Straße immer im Blick. Fünf Minuten später erreichte sie ihr Ziel, eine Buche, die die meisten anderen Bäume überragte. Maria schaute sich aufmerksam um und kletterte dann auf der Buche so weit nach oben, bis sie schräg unter sich, zwischen den auf dieser Höhe nicht mehr so eng stehenden Ästen hindurch, die gegenüberliegenden Häuser und die Straße sehen konnte. Sie machte es sich, so gut es ging, auf einem Ast bequem, klemmte die Tasche zwischen zwei andere Äste und wartete. Es blieb ihr noch ungefähr eine Stunde bis Kony keine dreihundert Meter von ihr entfernt vor die Klinik vorfahren und dann anhalten würde, um darauf zu warten, dass das Einfahrtstor der Klinik sich öffnete.

Zu dem Zeitpunkt, als Maria sich in zehn Metern Höhe gegen den Stamm der Buche lehnte, geschützt, eingefasst und umgeben von nach Harz duftenden Bäumen, schaltete Kim über ihr Handy ein Leihfahrrad frei. Sie hatte die Nacht am Computer verbracht. Hatte erst recherchiert, welche Freiburger Krankenhäuser und Kliniken gesichtschirurgische Eingriffe vornahmen und sich dann für eine Zeitlang im Darknet verloren, nachdem sie die Suchmaschine „Hidden Wiki" entdeckt hatte, die eine Übersicht über die bekanntesten Webseiten im Darknet gab. Kim war von einer überbordenden und rauschenden Aufregung erfasst worden. Sie war in eine bisher für sie unbekannte Welt eingetreten, hatte einen Menschen getötet und war einer geheimen Gruppe von Attentätern auf der Spur, die die Welt zu einer besseren machen wollte. Auch sie hatte immer einen Beitrag für eine gerechtere Gesellschaft leisten wollen. Das war der Grund gewesen, das Jurastudium zu beginnen und später als Anwältin diejenigen zu unterstützen, die von Menschen mit zu viel Macht und Einfluss oder von der Polizei herumgeschubst, diskriminiert und dann um ihre Rechte gebracht wurden. Im Laufe ihres bisherigen Berufslebens hatte sie dann aber immer wieder die Erfahrung machen müssen, dass arme und nicht so gebildete Menschen vor dem Gesetz weniger Gerechtigkeit erfuhren als andere. Und jetzt wollte sie teilhaben an einer anderen Art, Gerechtigkeit zu üben. Auch wenn ihre Rolle nur darin bestand, zuzuschauen, wie einer der meistgesuchten Kriegsverbrecher für seine Taten bestraft wurde.

Kim war bei ihrer Internetrecherche zu dem Schluss gekommen, dass vor allem zwei Kliniken für Joseph Kony in Frage kämen und hatte sich entschieden auf gut Glück eine auszuwählen, dort hinzufahren und vielleicht im Geheimen Zeugin eines Attentats zu werden. Ihre Wahl war auf die Schwarzwaldklinik gefallen, die am Rande eines Waldgebietes lag. Sollte sie die falsche Klinik ausgesucht haben, nun ja, die Aufregung und das Gefühl der Lebendigkeit konnte ihr keiner mehr nehmen. Sie schwang sich aufs Fahrrad und ließ sich vom Google Maps Assistenten den Weg nach Freiburg-Herdern zeigen.

Als Kim knapp zweihundert Meter vor dem Haupteingang der Schwarzwaldklinik hinter einem Baum Deckung suchte und sich auf ein ungeduldiges und aufregendes Warten einstellte, fuhr Bruce am Ortsschild „Freiburg" vorbei. Er hatte die Entfernung vom Gasthaus bis nach Herdern genauso unterschätzt wie den Berufsverkehr. Deshalb kam er nun später in

Freiburg an als geplant. Bruce Armbanduhr zeigte 6:26 Uhr. Bis zur Klinik waren es seiner Schätzung nach noch ungefähr fünfzehn Minuten. Bruce dachte an Maria, die sicherlich schon auf dem Baum saß und die äußere Umwelt, den Wald, die Geräusche der vor kurzem erwachten Stadt und die Kälte ausblendete. Um sieben Uhr würde sie dann von einem Moment auf den anderen hellwach und fokussiert sein. Bereit für den einen finalen Schuss, der Joseph Kony schon in ein paar Wochen zu einer Fußnote der Geschichte machen würde, sobald sich die mediale Aufregung gelegt hätte.

Maria und er waren vor Weihnachten schon in Freiburg gewesen und hatten den Ort im Wald ausgesucht. Bruce erinnerte sich, wie glücklich sie sich damals fühlten, eine so ideale Stelle für ihren Anschlag auf Kony gefunden zu haben. Sie waren sich sicher, dass dieses Attentat ein einfacher Spaziergang werden würde und waren abends noch in ein teures Restaurant gegangen, um auf ihren zukünftigen Erfolg anzustoßen.

Die Ampel sprang erst auf Gelb, einen Wimpernschlag später auf Rot und riss Bruce aus seinen Gedanken. Reflexartig trat er auf die Bremse. Der VW-Bus kam abrupt zum Stehen. Die Erinnerungen zogen sich zurück und die Außenwelt, die hellen Straßenlaternen, der schwarze Asphalt der Straße, die beleuchteten Häuserfenster und die Fußgänger, die vor ihm die Straße überquerten, drangen wieder in Bruce Bewusstsein. Er ärgerte sich, dass er für einen Moment unkonzentriert gewesen war. Bei Grün fuhr Bruce langsam an, folgte der Hauptstraße noch weitere fünf Minuten und bog dann links in die Schwarzwaldstraße ein. Bruce parkte den VW-Bus zweihundert Meter vor der Klinik. Der Parkplatz war weit genug vom Eingang der Klinik entfernt, sodass er nicht in das Blickfeld von Maria geriet, aber nahe genug, um sehen zu können, was sich vor dem Eingangstor der Klinik abspielte.

Joseph Kony lehnte sich in dem hinteren schwarzen Sitz des Geländewagens zurück und gab dem Fahrer durch ein Nicken ein Zeichen, dass er bereit war, loszufahren. Kony hatte mit seinen Begleitern in einem unscheinbaren Hotel am Stadtrand übernachtet, ungefähr eine Viertelstunde von der Klinik entfernt. Seit langem hatte er mal wieder durchgeschlafen und eine traumlose Nacht verbracht. Er genoss das ausgeruhte und entspannte Gefühl, das jetzt nach einer Nacht ohne mehrmaliges Aufwachen seinen Körper erfüllte. Doch irritierte es ihn, eine Nacht ohne Träume verbracht zu haben. Er träumte sonst immer, meist von den Kämpfen, dem Rausch, wenn sie kleine Dörfer überfielen, Erwachsene verstümmelten oder töteten und die Kinder mitnahmen und zu Kämpfern ausbildeten. Viele dieser Toten und Versehrten traten ihm in diesen schlaf-wachen Nächten gegenüber, gefangen im Fegefeuer seiner Träume. Stumm und ausdruckslos, auf eine Art gleichgültig, wie sie es in ihrem wirklichen Leben nie gewesen waren. Vielleicht war das seine Art, diese Menschen träumend-erinnernd am Leben zu halten. Ihm gefiel der Gedanke, dass sie vielleicht erst dann endgültige Erlösung fänden, wenn er selbst tot wäre und sie ihm dann nicht mehr jede Nacht als schwarz-weiße Wiedergänger ihre Aufwartung machen mussten. Nie träumte er in Farbe, nie von seiner Zeit als Kind oder Jugendlicher und auch nie von der Zeit, als die Lord's Resistance Army von der ugandischen Armee zurückgedrängt wurde und sie in den Sudan und in den Tschad ausweichen mussten. Immer, wenn er nach diesen Träumen aufwachte, verspürte er eine innere Unruhe, einen kurzen Moment existenzieller Verlorenheit. Seine Hände zitterten oft so stark, dass es ihm nach dem Aufstehen Schwierigkeiten bereitete, sich einen Tee aufzugießen. Manchmal glaubte er sogar, undeutliche Stimmen zu hören, die ihm aus einer fernen Dunkelheit zuriefen. Vielleicht war das Gottes Art, ihn auf den Prüfstand zu stellen. Doch nie zweifelte er daran, auf dem richtigen Weg zu sein. Heute würde er wiedergeboren werden und dann als neuer Mensch die Worte Gottes in die Welt tragen. Er lächelte bei diesem Gedanken.

Der Wagen glitt durch das morgendliche Freiburg, vertrauensvoll verfolgt von einem weiteren schwarzen Geländewagen. In wenigen Minuten würden sie ihr Ziel erreicht haben.

Es war sieben Minuten vor sieben als Maria bemerkte, dass sich auf dem Ast links neben ihr eine Taube niedergelassen hatte und ihren Kopf unruhig hin und her schwang. Die Dämmerung setzte gerade ein und die Welt um Maria herum nahm Farbe an. Ohne auf die Uhr zu schauen, wusste Maria, dass Kony in sieben Minuten mit seinem Wagen vor dem Tor der Klinik anhalten würde, vorausgesetzt er hielt seinen Zeitplan ein. In den sechs Jahren, die sie als Kind und Jugendliche in verschiedenen Heimen verbringen musste, hatte sie gelernt, die immer wiederkehrenden Tagesabläufe und Alltagsroutinen zeitlich exakt auch ohne Uhr zu bestimmen. Seit dieser Zeit schlug in ihrem Inneren eine Uhr, die ihr zu jeder Tages- und Nachtstunde zuverlässig die Zeit ansagte. In den letzten zehn Minuten hatte Maria mehrmals mit dem Gewehr auf das Eingangstor der Klinik gezielt und sich mit der richtigen Schussposition und der Entfernung vertraut gemacht. Mittlerweile ruhte das Gewehr in ihren Händen und ihr Atem ging ruhig. Das Gleichgewicht hielt sie, indem sie den Rücken gegen den Baumstamm drückte und den Oberkörper gegen einen Ast rechts von ihr lehnte. Der Schuss würde ihr ganzes Können abverlangen. Als zwei Minuten nach sieben erst einer, dann ein zweiter Geländewagen in ihr Blickfeld geriet, benötigte Maria einen Atemzug, um das Gewehr aufzunehmen, vor sich zu halten und das linke Auge vor das Zielfernrohr zu drücken. Durch das Zielfernrohr sah sie, wie die beiden Wagen vor dem Tor der Klinik hielten. Der Fahrer im ersten Wagen stieg aus, lief zum Tor und drückte auf den Klingelknopf, gleich links neben dem Tor. Kurz darauf sah sie, wie der Fahrer in die Gegensprechanlage sprach und wenig später begann das Tor leicht nach rechts wegzugleiten. Die ganze Zeit über lag Marias Blick auf Joseph Kony, der sich entspannt im Fonds des Autos zurückgelehnt hatte. Marias Zeigefinger erhöhte den Druck auf den

Abzugshebel. Als sich der Fahrer umdrehte, um wieder zum Wagen zurückzukehren, drückte Maria den Hebel nach hinten. Ein kaum wahrnehmbarer Rückstoß, dann verließ die Kugel den Gewehrlauf und trat ihre knapp eineinhalb-sekündige Reise Richtung Kony an. Vielleicht lag es daran, dass der Fahrer genau in diesem Augenblick Kony irgendetwas durch das offene Fenster zurief. Vielleicht lag es auch daran, dass Kony vor vielen Jahren ein enges, brutales Bündnis mit dem Tod eingegangen und nur allzu vertraut war mit dem Sterben und der Angst davor. In den eineinhalb Sekunden, in denen die Kugel unterwegs war, drehte Kony seinen Kopf leicht nach links in Richtung der Fahrertür, sodass die Kugel Konys Kopf nur streifte. Sie zerfetzte sein linkes Ohr, anstatt direkt in den Hinterkopf einzudringen.

Maria sah, dass Konys Kopf nach ihrem Schuss erst nach hinten zuckte und dann Konys Oberkörper nach links zur Seite fiel. Für sie gab es keinen Zweifel, dass sie Kony tödlich getroffen haben musste. Ein sattes Gefühl der Zufriedenheit breitete sich in ihr aus, während sie das Gewehr wieder in der Tasche verstaute, sich diese über die Schulter streifte und den Baum hinunterkletterte. Wieder festen Boden unter sich, verfiel sie in einen leichten Laufschritt und nahm den Weg zurück, den sie gekommen war.

Bruce hatte durch sein Fernglas beobachtet, wie sich die beiden schwarzen Geländewagen der Klinik näherten, der vordere Wagen vor dem Kliniktor anhielt und der Fahrer zum Tor lief. Er hatte sich tiefer in den Fahrersitz fallen lassen und darauf gewartet, dass Maria schießen würde. Als die Kugel Konys Hinterkopf traf, hörte Bruce einen kurzen Schmerzensschrei. Für einen Moment fühlte er eine große Last von sich abfallen. Sein letzter Auftrag war vollbracht und noch heute würde er in Richtung Spanien aufbrechen. Doch dieses Gefühl der Leichtigkeit währte nicht lange. Bruce sah, wie der Fahrer zurück zum Geländewagen rannte, die hintere Tür aufriss und Joseph Kony aufrichtete. Er redete kurz auf ihn ein, setzte sich dann wieder nach vorne ans Steuer und fuhr den Wagen zurück auf die Straße. Bruce wurde schlagartig klar, dass Maria Kony nicht tödlich getroffen hatte. Dann sah er, wie die beiden Wagen Geschwindigkeit aufnahmen und auf ihn zukamen. Bruce griff nach seiner Pistole, die versteckt unter einer Zeitung auf dem Nachbarsitz lag und ließ das Seitenfenster nach unten. Er lehnte sich mit seinem Oberkörper leicht aus dem Fenster – der erste Wagen war vielleicht noch fünfzig Meter entfernt –, fasste die Pistole mit beiden Händen, zielte und gab drei Schüsse auf den Fahrer des ersten Wagens ab. Die Windschutzscheibe zerplatzte und der Fahrer, ein Mann mit vollem schwarzem Haar, einem schmalen Schnauzer über einem zusammengekniffenen Mund und leblosen Augen, kippte nach vorn. Der Wagen verlor an Geschwindigkeit, rollte jedoch weiter und war jetzt noch etwa zehn Meter von Bruce entfernt. Er konnte Kony in die Augen blicken. Sah, wie über seine linke

Gesichtshälfte Blut lief, das aus einem dunklen Krater herausgepumpt wurde. Dort, wo früher Konys Ohr gewesen war. Kony schien zu lächeln, bewegte sich aber nicht, als Bruce die Pistole auf ihn richtete. Vielleicht hatte er sich mittlerweile mit seinem Tod abgefunden. Der Geländewagen war nun fast gleichauf. Bruce wollte abdrücken, doch etwas prallte gegen seine linke Schulter und hinterließ einen brennenden Schmerz, der sich anfühlte, wie der Stich einer wütenden Hornisse. Bruce zuckte zurück und ließ seine Pistole fallen. Im selben Moment glitt Konys blutverschmiertes Gesicht an ihm vorbei. Er wirkte wie ein erschöpfter Clown, der nach seinem Auftritt mit verschwitzen Händen gedankenverloren erst über den geschminkten Mund und dann über sein Gesicht gefahren war. Ein kurzes Augenzwinkern, dann war der Geländewagen mit Joseph Kony im Fonds an Bruce vorbeigerollt. Erst jetzt nahm Bruce die Schüsse wahr, die aus dem zweiten Geländewagen abgegeben wurden. Dann auch die Kugeln, die mit einem dumpfen Ton in den VW-Bus einschlugen. Er ließ sich zur Seite fallen, doch als er versuchte, im Fußraum des Autos Deckung zu finden, traf ihn eine weitere Kugel in den Rücken. Der Schmerz lähmte ihn. Er blieb liegen, schloss die Augen und wartete auf weitere Einschläge in seinen Körper.

Erst als der Schuss auf Kony abgegeben wurde, signalisierte Kim, dass sie mittendrin war in einer gewalttätigen Auseinandersetzung um Leben und Tod, bei der Menschen sterben konnten, nicht zuletzt sie selbst. Augenblicklich wurde ihr Körper mit Adrenalin überschwemmt, machte sie wach, aufmerksam und unruhig. Sie stand hinter einem Baum und beobachtete gerade, wie sich in etwa zweihundert Metern Entfernung ein Mann aus dem Fenster eines VW-Busses lehnte, mit einer Pistole auf den vorderen Geländewagen schoss und dann nach hinten rutschte. Sie sah, wie der Wagen am VW-Bus vorbeifuhr, langsamer wurde und nach einigen hundert Metern zum Stillstand kam. Währenddessen wurde aus einem zweiten Geländewagen weiter auf den VW-Bus geschossen. Schließlich rollte auch dieser Wagen am VW-Bus vorbei und stoppte neben seinem Zwillingswagen. Aus dem zweiten Wagen sprang ein Mann heraus, riss die hintere Tür des ersten Wagens auf und half einer Person auszusteigen. Beide Männer rannten zum zweiten Wagen und stiegen ein. Kurz darauf entfernte sich der Wagen mit großer Geschwindigkeit. Kims Blick richtete sich wieder auf den VW-Bus und erst jetzt erkannte sie ihn wieder. In diesem Auto hatte der Mann gesessen, der sie gefragt hatte, ob sie Hilfe bräuchte, als sie nach ihrer Flucht aus dem Hotel angehalten hatte, weil ihr schlecht geworden war. Vom Rücksitz des VW-Busses hatte sie eine Frau mit kurzen, schwarzen Haaren missmutig angestarrt. Doch jetzt, in diesem Augenblick, rührte sich nichts in dem VW-Bus. Kim vermutete, dass der Mann angeschossen worden war und jetzt verletzt oder tot auf dem Vordersitz lag.

In den folgenden Tagen musste Kim immer wieder an diesen Moment zurückdenken. Warum hatte sie so gehandelt, wie sie handelte? Welche Entscheidungen, die sie in den letzten Jahren getroffen hatte oder die andere für sie getroffen hatten, hatten dazu geführt, dass sie an einem frühen Wintermorgen vor einer Klinik stand, darauf hoffend, Zeugin eines Attentats zu werden? Wollte sie ihrer verschwundenen Halbschwester nacheifern, die in ihren Träumen die Welt bereiste und gefährliche Abenteuer erlebte? Wie war es dazu gekommen, dass sie, einem Impuls folgend, nach dem Schusswechsel losrannte, um nachzusehen, ob sie dem Mann in dem VW-Bus noch helfen konnte? Denn das war es, was sie in diesem Moment tat, als der schwarze Geländewagen, in dem der verletzte Joseph Kony saß, aus ihrem Blickfeld verschwand. Sie rannte los. Der VW-Bus stand ungefähr einhundert Meter von ihr entfernt, sodass sie ihn in einer halben Minute erreichte. Sie warf einen Blick durch das geschlossene Beifahrerfenster. Der Mann lag regungslos auf dem Bauch. Sie öffnete die Tür und berührte den Mann leicht an der rechten Schulter.

„Sind Sie verletzt? Brauchen Sie Hilfe?" fragte sie.

Der Mann stöhnte, antwortete ihr aber nicht. Kim beugte sich tiefer in das Auto hinein, griff dem Mann unter die Arme, zog ihn erst zu sich und richtete ihn dann auf. Der Mann war offensichtlich schwer verletzt. Sein Hemd war blutgetränkt. Die Augen hatte er geschlossen.

„Hören Sie mich? Können Sie mich verstehen?" fragte Kim.

Der Mann zeigte immer noch keine Reaktion, nur die Augenlieder flackerten leicht. Er brauchte dringend ärztliche Hilfe. Kim sah, dass der Autoschlüssel im Zündschloss steckte. Sie rutschte an dem verletzten Mann vorbei, setzte sich ans Steuer, startete den Wagen und fuhr in die Richtung, aus der die Geländewagen gekommen waren. Ein Ziel hatte sie nicht. Sie hatte keine Ahnung, wohin sie fahren sollte.

Als Maria die Schüsse hörte, war sie auf halbem Weg zum Auto. Irritiert blieb sie stehen. Sie konnte sich die Schüsse nicht erklären. Was ging hier vor? Sollte sie zur Straße laufen und nachschauen? In diesem Fall würde sie wertvolle Zeit verlieren. Jeden Moment konnte die Polizei auftauchen. Bruce! Was, wenn Bruce etwas mit den Schüssen zu tun hatte? So schnell sie konnte, rannte sie weiter. Stolperte über einen herabgefallenen toten Ast. Fiel. Fing sich mit den Händen ab und verstauchte sich dabei den kleinen Finger der linken Hand. Stand wieder auf. Lief weiter. Die Umhängetasche schlug rhythmisch gegen ihren Rücken. Von Ferne konnte sie Polizeisirenen hören, auf- und abschwellend, Angriffswellen auf ihre Ohren. Sicherlich war die Polizei gerufen worden, weil Nachbarn die Schüsse gehört hatten. Du hast noch Zeit, bis sie die Verfolgung aufnehmen, versuchte sie sich zu beruhigen. Die Polizei würde den Geländewagen mit dem toten Joseph Kony vorfinden, sich erst ein Bild machen und dann Verstärkung anfordern. Bis diese kam, würden sie den Tatort sichern, vielleicht schon mal anfangen, die Leute zu befragen, die in der umliegenden Gegend wohnten. Aber warum wurde vorher mehrmals geschossen? Hatte sie Kony wirklich getroffen oder hatte sie sich das nur eingebildet? Was war nach ihrem Schuss passiert? Erst musste sie von hier verschwinden, dann konnte sie nachdenken. Auf welcher Höhe stand ihr Auto? Sie blieb stehen, schaute sich um. Sie hatte die Orientierung verloren. Das hätte ihr nicht passieren dürfen. Sie atmete tief ein und wieder aus. Wurde ruhiger und wusste jetzt wieder, in welcher Richtung die Straße lag und wo ihr Auto stand. Sie schätzte die Entfernung auf ungefähr dreihundert Meter. Verfiel in einen leichten Dauerlauf. Spürte, wie ihr kleiner Finger schmerzte, vergaß es wieder. Erreichte den Waldrand, suchte Schutz hinter einem großen Baum. Schaute sich um. Etwas entfernt von ihr standen Polizisten um einen Geländewagen herum und unterhielten sich. Am Steuer dieses Geländewagens lag ein toter Mann im Vordersitz. Der andere Geländewagen war nicht mehr zu sehen. Ihr Auto stand etwa zweihundert Meter von den Polizisten entfernt. Die Chance, unbemerkt dorthin zu kommen, lag nahezu bei null. Bleiben und Warten war auch keine Option. Sie ging ein paar Schritte rückwärts. Setzte dabei immer zuerst die Fußspitze auf den Waldboden auf, fühlte nach und rollte dann vorsichtig den ganzen Fuß nach hinten ab, um zu vermeiden, dass sie über einen Ast stolperte. Die Polizisten ließ sie dabei nicht aus den Augen. Erst, als sie sich weit genug von den Polizisten entfernt hatte, drehte sie sich um und lief tiefer in den

Wald hinein. Dann blieb sie stehen, holte ihr Handy aus der Hosentasche und rief Bruce an.

13

AUTOBAHN

Das Handy klingelte. Zum ersten Mal öffnete der Mann die Augen, seit Kim sich neben ihn gesetzt und den VW-Bus aus der Stadt gefahren hatte. Instinktiv war sie Richtung Tübingen gefahren. Doch in dem Moment, als der Mann die Augen aufmachte, schien ihr der Gedanke, zu ihrer Mutter zu fahren, vollkommen absurd. Sie ging etwas vom Gas und suchte nach einer Möglichkeit, um von der Landstraße abzufahren. Das Handyklingeln erstarb und der Mann neben ihr schloss wieder die Augen. Einige Minuten später tauchte ein Feldweg auf und Kim bog ab. Ein paar Meter weiter parkte sie auf dem Feldweg und berührte den Mann sanft am Oberschenkel.

„Hallo, können Sie mich hören? Sie sind schwer verletzt und brauchen Hilfe. Haben Sie jemanden, zu dem ich Sie bringen kann?"

Die schwarzen Haare des Mannes standen verschwitzt nach allen Seiten ab. Ein grauer Schatten hatte sich über sein Gesicht gelegt. Das Rot auf dem weißen Hemd wirkte dadurch noch intensiver. Bedrohlicher. Das Leben dieses Mannes hing von ihrem Handeln ab. Das empfand sie in einer Deutlichkeit, die ihr den Atem nahm. Ihre Hand lag immer noch auf dem Oberschenkel des Mannes. Sie fasste ihn jetzt fester an.

„Hallo? Hallo! Sie müssen mit mir sprechen, ich kann sonst nichts für Sie tun."

„Nach Frankfurt!" Der Mann machte erneut die Augen auf. „Bringen Sie mich nach Frankfurt." Der Mann atmete schwer. „Eine Ärztin, sie heißt Meret, Meret Nowak. Eine Freundin, sie hilft. In der Anna-Freud-Straße 17." Der Mann versuchte ein Lächeln, brachte aber nur ein verzerrtes Grinsen zustande. „Danke." Erschöpft schloss der Mann wieder die Augen. Kim tippte die Adresse in ihr Handy ein. Wenig später startete sie den Motor, wendete den VW-Bus und fuhr in Richtung Autobahnauffahrt.

Es war erst ein Tag vergangen, seitdem Kim das Hotel im Schwarzwald so überhastet verlassen musste. Doch sie hatte das Gefühl, schon eine Ewigkeit unterwegs zu sein. Vielleicht war sie das auch. Vielleicht hatte sie sich schon vor einiger Zeit auf den Weg gemacht, tief in ihrem Inneren. Hatte sich entfernt von den sicheren Häfen – der Hamburger Wohnung, die sie sich mit ihrer besten Freundin Lynn teilte, der Anwaltskanzlei und der Wohnung der Mutter – zwischen denen sie hin und her pendelte und war aufs offene Meer hinausgefahren, ohne dass es ihr bisher bewusst gewesen wäre. Vielleicht erklärte das auch ihre Gereiztheit, die sie in den letzten

Monaten immer wieder verspürt hatte und auch das Gefühl der Erschöpfung, das sie in letzter Zeit einholte, wenn sie abends im Bett lag und nicht einschlafen konnte.

Ein Autobahnschild zeigte noch 187 Kilometer bis nach Frankfurt an. Kim hielt sich weitgehend auf der rechten Spur und fuhr nicht schneller als 110 km/h. Ihr Handy vibrierte in ihrer Hosentasche. Wahrscheinlich rief ihre Mutter an, um zu fragen, ob sie gut in Hamburg angekommen sei. Kim ließ das Telefon klingeln und konzentrierte sich auf die Straße vor ihr. Sie merkte dabei, wie müde sie auf einmal war.

Zwanzig Minuten später nahm sie die Ausfahrt zur Raststätte „Bruchsal Ost" und parkte gleich auf einem der ersten Parkplätze, weit entfernt von der Tankstelle und dem Servicebereich. Ein dunkelblauer Golf, der kurz nach Kim auf den Rastplatz einbog, fuhr an ihr vorbei und reihte sich in die kurze Schlange der wartenden Autos vor der Tankstelle ein. Der Mann neben ihr rührte sich nicht. Mit seinen geschlossenen Augen, dem aschgrauen Gesicht und dem Blut durchtränkten Hemd sah er aus wie ein Toter. Dem Rhythmus seiner Atemzüge nach, schien er eingeschlafen zu sein. Kim deckte den Mann mit ihrer Jacke zu, damit seine Verletzungen nicht mehr auf den ersten Blick zu erkennen waren. Dann stieg sie aus dem Auto aus und lief zur Raststätte.

Sie ging zum Toilettenbereich und ließ kaltes Wasser über ihre Hände und ihr Gesicht laufen. Schaute in den Spiegel. Nahm sich ein paar Minuten Zeit, um sich eingehender zu betrachten. Störte sich nicht daran, dass andere Frauen kamen, sich neben ihr die Hände wuschen und wieder gingen. Diesmal fiel es ihr schwer, das Gesicht, das ihr im Spiegel entgegenblickte, mit sich selber in Einklang zu bringen. War das das Gesicht einer Frau, die aus Notwehr einen Mord begangen hatte? Zeigte sich in dem Gesicht ein schlechtes Gewissen, Schuld, innere Zerrissenheit? Auch nach einer Weile vor dem Spiegel blieb sie sich noch fremd. Sie kannte das. Wusste, die Fremdheit war ein Teil von ihr und würde bald wieder in den Hintergrund treten. Das Wichtigste war im Moment, dass sie sich gut fühlte. Und lebendig.

Sie verließ das WC, holte sich einen Kaffee und ging zum Auto zurück. Jetzt erst fielen ihr die Einschusslöcher auf der Fahrerseite des VW-Busses auf. Kim schaute sich um. An dieser Stelle des Parkplatzes befand sich sonst niemand und die weiter entfernten Menschen schienen nicht auf sie zu achten. Sie trank ihren Kaffee aus und ging zu einem der grauweißen, zusammengeschmolzenen Schneehaufen, die wie Miniatureisberge am Rande der armseligen Grünflächen lagen. Sie nahm sich so viel von dem dreckigen Schnee, wie sie tragen konnte und verschmierte ihn über die linke Seite des Wagens. Mit dem Ergebnis war sie zufrieden. Die Einschusslöcher fielen jetzt deutlich weniger auf. Kim stieg wieder in den Wagen und fuhr auf die Autobahn. Der Mann neben ihr schien sich nicht bewegt zu haben, seitdem sie ausgestiegen war. Für einen kurzen Moment wunderte sie sich, dass der dunkle Golf, der hinter ihr auf die Autobahn fuhr, nicht zum Überholen ansetzte, obwohl sie nicht schneller als hundert fuhr. Dann dachte sie wieder an die Aufgabe, die vor ihr lag und als sie das nächste Mal in den Rückspiegel sah, hatte sich ein LKW hinter sie geschoben. Der Lastwagen wurde anscheinend von einem Paul gelenkt, wie ein überdimensioniertes Schild verkündete, das zwischen Lenkrad und Windschutzscheibe klemmte.

1 4

FRANKFURT

Kim erreichte Frankfurt gegen 14:00 Uhr. Eine halbe Stunde später fuhr sie in die Anna-Freud-Straße ein. In der Nähe der Hausnummer 17 fand sie einen Parkplatz. Sie überlegte. Es war kurz nach halb drei an einem Werktag. Es war wohl eher unwahrscheinlich, um diese Uhrzeit Meret Nowak zuhause anzutreffen. Oder war das die Adresse ihrer Praxis? Was sollte Kim Meret Nowak überhaupt erzählen, wenn sie sie in der Wohnung oder ihrer Praxis antreffen würde? Sollte sie der Ärztin von einem Notfall berichten? Von einem schwer verletzten Mann, der in einem weißen VW-Bus direkt vor ihrer Wohnung oder ihrer Praxis sitzt? Ihr dann den Autoschlüssel geben und wieder gehen? Zum Bahnhof laufen, eine Zugfahrkarte nach Hamburg kaufen und weiterleben wie bisher? Oder sollte sie die Ärztin bitten, solange in ihrer Wohnung oder Praxis bleiben zu können, bis sie wusste, ob der Mann überlebte und erst einmal nicht nach Hamburg fahren? Was, wenn Meret Nowak nicht da war? Wie dringend brauchte der

Mann eine medizinische Versorgung? Sollte sie dann doch mit ihm ins Krankenhaus fahren? Oder würde der Mann lieber sterben wollen? Sollte sie jemanden anrufen, alles erzählen und um Rat fragen? Wen? Sie stieg aus, verriegelte das Auto. Ging ein paar Schritte auf das Haus zu. Bemerkte auf einmal, wie belebt die Straße war, schaute sich um und warf einen Blick auf den Mann, der in dem VW-Bus leicht nach vorn gebeugt an der rechten Autotür lehnte. Der Mann wirkte immer noch so, als ob er schliefe.

Das dünne weiße Metallschild an der Fassade des Hauses Anna-Freud-Straße 17 wies auf die Hausarztpraxis von Meret Nowak hin und wirkte wenig einladend. An einigen Stellen der schwarzen Buchstaben blätterte bereits die Farbe ab und die untere rechte Ecke des Schildes wies Rostflecken auf. Die Praxis war seit über einer halben Stunde geöffnet. Kim drückte auf die Klingel mit der Aufschrift „Praxis Nowak". Ein Summen ertönte und Kim öffnete die Tür. Dämmriges Licht fiel ins Treppenhaus und es roch nach altem Schweiß. Schnell lief Kim die Treppe hoch und betrat die Praxisräume. Sie durchquerte den Wartebereich. Vorbei an ärmlich gekleideten Menschen, die ausdruckslos vor sich hinstarrten und keine Notiz von ihr zu nehmen schienen.

„Ich muss dringend Frau Nowak sprechen." Kim beugte sich leicht über den Empfangstresen, um ihren Worten Nachdruck zu verleihen.

„Haben Sie einen Termin?", fragte sie eine Frau mit Kopftuch und stark geschminkten Augen.

Kim schüttelte den Kopf.

„Waren Sie schon einmal hier?"

Wieder schüttelte Kim den Kopf. „Hören Sie …", sagte Kim.

„Dann möchte ich Sie bitten, erst einmal den Anmeldebogen auszufüllen", unterbrach sie die Frau hinter dem Empfangstresen und schob ihr ein Klemmbrett mit einem Formular entgegen.

„Hören Sie", wiederholte Kim, diesmal so laut, dass ein paar Patienten aus ihrer Lethargie erwachten und zu ihr hinüberschauten. Kim dämpfte ihre Stimme. „Sie verstehen nicht, ich will mich nicht behandeln lassen. Ich muss nur so schnell wie möglich Frau Nowak sprechen. Es betrifft sie persönlich." Sie fixierte die Frau, die ihr den Anmeldebogen zugeschoben hatte. „Bitte", fügte Kim hinzu. Die Frau seufzte und wandte sich an ihre Kollegin:

„Ich sage Meret mal Bescheid." Dann blickte sie wieder zu Kim.

„Und Sie setzen sich erst einmal hin und bleiben so lange sitzen, bis ich mit der Frau Doktor gesprochen habe. Verstanden?" Sie stand auf und verschwand im Behandlungszimmer. Zwei Minuten später winkte sie Kim zu und bedeutete ihr, dass sie jetzt mit Frau Nowak sprechen könne.

Meret Nowak war eine schöne und müde Frau. Sie trug ihr schwarzes Haar kurz und ihre grünen Augen wurden durch die hohen Wangenknochen, die feinen, dunklen Augenbrauen und den lippenstiftroten Mund besonders hervorgehoben. Unter ihren Augen zeichneten sich jedoch dunkle Ringe ab.

„Was wollen Sie?" fragte Meret Nowak. „Ich habe nicht viel Zeit. Sie sehen ja, was hier heute los ist." Sie nickte in Richtung Wartezimmer.

„Ich habe einen Mann unten im Auto. Ich bin zwar keine Ärztin, aber ich schätze, er stirbt in den nächsten Stunden, wenn er nicht bald ärztlich behandelt wird." Kim fuhr sich ungeduldig durch die Haare.

„Soll das ein Scherz sein?", die Ärztin sah Kim verärgert an. „Wenn Sie einen schwer verletzten Mann in Ihrem Auto haben, sollten Sie ihn in ein Krankenhaus bringen. Ich bin Hausärztin und behandle vor allem Junkies und Obdachlose."

„Sagen Ihnen die Gerechten etwas? Sie haben versucht, einen ugandischen Kriegsverbrecher in Freiburg zu erschießen und irgendetwas ist schiefgelaufen. Bevor der Mann, der gerade bewusstlos in seinem VW-Bus sitzt, ohnmächtig wurde, hat er mir Ihren Namen gesagt. Ich sollte ihn hierherbringen. Und Sie können beruhigt sein. Wenn ich die Polizei hätte einschalten wollen, hätte ich das schon längst gemacht."

Die Ärztin atmete hörbar aus und ging zur Tür. Beim Hinausgehen sagte sie zu Kim: „Zeigen Sie mir, wo er ist." Sie bat ihre Mitarbeiterinnen, die Leute im Wartezimmer nach Hause zu schicken, sie selbst könnten die Praxis dann auch verlassen. Sie begründete dies damit, dass ein Notfall eingetreten sei. Kim und Meret

Nowak gingen hinunter auf die Straße und Kim führte die Ärztin direkt zum VW-Bus.

Auf dem Weg zur Praxis bildeten sie ein ungewöhnliches Trio. Zwei Frauen, die in ihrer Mitte einen bewusstlosen Mann über den Gehweg schleiften und diesen laut als betrunkenen Nichtsnutz beschimpften. Zwanzig Minuten nachdem sie die Praxis verlassen hatten, schleppten sie Bruce durch den mittlerweile verlassenen Warteraum ins Behandlungszimmer.

„Kommt er durch?", fragte Kim, nachdem Meret Nowak einen ersten Blick auf die Schussverletzungen geworfen hatte.

„Im Moment kann ich noch gar nichts sagen. Am besten, Sie gehen jetzt und lassen mich arbeiten", sagte Meret Nowak.

„Ich möchte wissen, ob er überlebt", insistierte Kim.

„Kommen Sie morgen wieder, dann weiß ich mehr." Mit diesen Worten wandte sich Meret Nowak Bruce zu. „Und schließen Sie beim Rausgehen bitte die Tür!", fügte sie hinzu.

Kim verließ die Praxis.

Wieder nahm Kim sich ein Zimmer in einem Hotel. Ein vier Sterne Hotel mit einer großen Lobby, in der neben der Rezeption auch mehrere schwarze Ledersessel und weiße Holztische standen, wie zufällig hingewürfelte Spielsteine eines Damespiels. Das Hotel war zu teuer, definitiv zu teuer für sie. Aber es lag in der

Nähe der Praxis und Kim hatte die Hoffnung, dass ein luxuriöses Zimmer eher Wärme ausströmen und ihre innere Angespanntheit vertreiben könnte als ein kleines beengtes Zimmer mit einem abgenutzten PVC-Teppichboden und einer durchgelegenen Matratze. Als sie jedoch in ihrem weitläufigen, lichtdurchfluteten Zimmer stand, eine große Fensterfront vor sich mit Blick auf die Frankfurter Skyline, beschämte sie der Kontrast zu der Arztpraxis von Meret Nowak. Schnell legte sie ihren kleinen Rucksack auf das Bett und verließ das Zimmer wieder.

Rastlos lief sie durch Frankfurt. Ging ins Kino, kaufte sich an einem Imbiss einen Falafel und einen Ayran. Trieb weiter durch die unbekannte Stadt. Gegen 1:00 Uhr kam sie wieder ins Hotel zurück, nahm den Aufzug und trat in den Flur, von dem mehrere Hotelzimmer abgingen. Sie ging in Richtung ihres Zimmers, das am anderen Ende des Flurs lag. Kein Laut drang von den anderen Räumen nach außen. Der Teppichboden dämpfte ihre Schritte. Dann kündigte ein vertrauter Klingelton ihres Handys eine Textnachricht an. Kim blieb stehen, holte ihr Handy aus der Hosentasche und las die Nachricht von Lynn. Sie hatte sich schon wieder mit ihrem Freund gestritten und wünschte sich so sehr, dass Kim bald wieder nach Hamburg käme. Kim überlegte Lynn zu antworten. Entschied sich aber dagegen. In diesem Augenblick erlosch das Licht im Flur und kurz geriet sie in Panik. Aber dann erinnerte sie sich, dass sie nur einen Schritt machen musste. Der Bewegungsmelder würde ein elektronisches Signal zur

Aktivierung der Deckenlampen lossenden. Doch irgendetwas ließ Kim innehalten. Sie stand im Dunkeln und lauschte. „Da ist nichts", mahnte sie sich zur Ruhe. Sie lief weiter und das Licht ging wieder an. Sie erreichte ihre Zimmertür. Öffnete sie mit ihrer elektronischen Schlüsselkarte. Schob die Tür etwas nach hinten und hielt sie mit ihrem rechten Fuß auf. Dann steckte sie die Schlüsselkarte in die für sie vorgegebene Vorrichtung direkt links an der Wand neben der Tür. Das Licht in ihrem Zimmer ging an. Ein unbestimmtes Gefühl der Angst hinderte Kim daran, in das Zimmer hineinzugehen. Es sah so aus, wie sie es vor ein paar Stunden verlassen hatte. Wobei, lag ihr Rucksack jetzt vielleicht näher am Kopfkissen als vorher? Hatte sie ihn wirklich parallel zur Bettkante auf das Bett gelegt? Die Tür zum Bad war angelehnt, aber sie konnte sich nicht mehr erinnern, ob die Badezimmertür auch vorher schon zugezogen war. Kim zögerte weiter. War ihr jemand gefolgt und dann in ihr Zimmer eingebrochen? Wartete jemand im Bad darauf, dass sie in das Zimmer eintrat? Unwahrscheinlich. Aber sie hatte in den letzten Tagen so viel Unwahrscheinliches erlebt. Sie hatte kein gutes Gefühl! Langsam zog sie ihren rechten Fuß von der Tür weg und in einer fließenden Bewegung ergriff sie die Türklinke, zog die Tür zu, rannte zum Fahrstuhl und drückte auf die Taste mit dem Abwärtspfeil. Ganz langsam öffnete sich die Fahrstuhltür. Kim lauschte. Kam ihr jemand hinterhergerannt? Sie traute sich nicht nachzusehen. Sprang in den Fahrstuhl und drückte sofort auf den Knopf mit der Aufschrift „E". Dann drehte sie sich um. Vor ihr lag ein beleuchteter, leerer Hotelflur, der von der sich schließenden Fahrstuhltür langsam ausgeblendet wurde.

Sie fuhr nach unten und stand kurz darauf in der Hotellobby. Der Nachtportier nickte ihr freundlich zu. Mittlerweile schämte sie sich ihrer Angst, aber zurück in ihr Zimmer wollte sie trotzdem nicht gehen. Sie schaute in ihrem Handy nach, wo sich die nächste Nachtbushaltestelle befand und machte sich auf den Weg dorthin. Bis zum nächsten Morgen verbrachte sie die Zeit im Nachtbus. Der Busfahrer ließ sie auch an den Endhaltestellen im Bus sitzen. Freundliches Frankfurt.

Um 8:00 Uhr morgens kehrte sie zum Hotel zurück und erzählte der Frau an der Rezeption, dass sie ihre Schlüsselkarte im Zimmer vergessen habe. Ein Hotelangestellter begleitete sie zu ihrem Zimmer und schloss ihr auf. Kim bat ihn, kurz zu warten. Die frühe Wintersonne überzog die Gegenstände im Zimmer mit einem fahlen Licht. Ansonsten sah das Zimmer genauso aus, wie vor ein paar Stunden, als sie es fluchtartig verlassen hatte. Sie nahm ihren Rucksack und zusammen mit dem Hotelangestellten fuhr sie im Aufzug wieder nach unten. Kim checkte aus, frühstückte in einer Bäckerei und ging dann zur Praxis von Meret Nowak. Schon von weitem sah sie die Polizeiautos und den Krankenwagen quer auf der Anna-Freud-Straße stehen. Ungefähr da, wo die Praxis sein musste. Einige Menschen standen vor einem weiß-roten Absperrband.

„Was ist passiert?", fragte Kim eine ältere Frau, als sie die Absperrung erreichte.

„Ich weiß es auch nicht so genau", sagte die Frau. „Sie haben wohl in der Praxis eine Tote gefunden. Ich habe einen Termin bei der Ärztin, aber sie lassen niemanden durch."

Kim drehte sich um und ging den Weg zurück, den sie gekommen war. Von einem Moment auf den anderen war die Angst wieder da.

15

FREIBURG

24 STUNDEN ZUVOR

Maria fröstelte. Die Kälte hatte von ihrem gesamten Körper Besitz ergriffen, selbst körperliche Bewegung half nicht mehr gegen die zunehmende Auskühlung. Sie brauchte einen heißen Tee und am besten ein warmes Essen. Maria war mehrere Stunden durch den Wald und in einem großen Bogen wieder in die Stadt zurückgelaufen. Sie hatte noch eine Weile erfolglos versucht, Bruce zu erreichen und dann Nuria angerufen. Bei jeder Aktion liefen die Fäden bei Nuria zusammen. Sie war das Backup, wenn irgendetwas nicht so lief, wie es sollte. In solchen Fällen tat sie alles, um die Dinge wieder gerade zu rücken.

„Ich rücke das wieder gerade." Nuria liebte es, diesen Satz zu sagen. Wusste der Himmel, wo sie den aufgeschnappt hatte. Und ja, häufig rückte sie Dinge wieder gerade, holte die richtigen Informationen ein, kontaktierte die richtigen Leute, überwies die richtige

Summe Geld. Aber heute Morgen war sie genauso ratlos wie Maria gewesen.

„Schätzchen", hatte sie zu Maria gesagt, „ich habe keine Ahnung, was los ist. Von Bruce habe ich auch nichts gehört. Du bleibst erstmal in Deckung. Ich melde mich bei dir, sobald ich mehr weiß und Maria …"

„Ja, ja, ich weiß schon Nuria, du rückst das wieder gerade. Ich vertraue auf dich. Wir hören uns", hatte Maria Nuria unterbrochen und dann das Gespräch beendet. Jetzt, fast drei Stunden nach diesem Telefonat, hatte sich Nuria immer noch nicht zurückgemeldet. Maria betrat ein Café, bestellte einen grünen Tee und Rühreier mit Toast, las die Süddeutsche, die gleich neben dem Tresen auslag und wartete darauf, dass Nuria anrief.

Im Laufe des Tages rief Nuria dann insgesamt vier Mal an. Das erste Mal, um zu sagen, dass sie noch nichts herausgefunden hatte. Beim zweiten Mal berichtete sie, ihr Informant bei der baden-württembergischen Polizei habe ihr erzählt, dass es vor der Schwarzwaldklinik in Freiburg eine Schießerei gegeben hätte. Laut aktuellem Stand, so Nuria, ginge die Polizei davon aus, dass jemand versucht habe, einen Patienten der Klinik zu erschießen. Bei dem darauffolgenden Schusswechsel sei der Fahrer des Patienten erschossen worden. Von dem Patienten und den anderen an der Schießerei beteiligten Personen fehle jede Spur. Die Polizei ginge zudem davon aus, dass der Patient verletzt worden sei, da auf dem Rücksitz des Autos, in dem sie den toten Fahrer gefunden hatten, Blutspuren gefunden wurden. Als Nuria das dritte Mal anrief, berichtete sie, dass Meret gerade den schwer verletzten Bruce behandele und dass dieser wohl durchkommen würde. Kurz darauf rief Nuria das vierte Mal an.

„Maria", sagte Nuria. „Schlechte Nachrichten. Im Darknet ist ein Foto aufgetaucht, das Bruce und eine Frau zeigt, wie sie in einem Auto sitzen, wahrscheinlich auf einer Autobahnraststätte. Dazu wurde noch ein Aufruf geschaltet. Irgendwelche Leute interessieren sich für die Frau und wollen wissen, wer sie ist. Sie haben ein Preisgeld von 100.000 Euro für den Namen der Frau und weitere Informationen über sie ausgesetzt. Seltsamerweise fragen sie nicht nach Bruce, so als ob die, die das Foto ins Darknet eingestellt haben, Bruce schon kennen. Maria, ich glaube, wir haben ein dickes Problem."

Direkt nach dem vierten Telefonat nahm Maria den Zug nach Frankfurt. Nicht mehr lange und Maria würde in der Praxis von Meret angekommen. Sie musste Bruce an einen anderen Ort bringen. Bei Meret war er nicht mehr sicher.

1 6

FRANKFURT

12 STUNDEN ZUVOR

Kurz nach 20:00 stand Maria in der Anna-Freud-Straße in einer Hofdurchfahrt schräg gegenüber dem Haus mit der Hausnummer 17. Schnee fiel in dicken weichen Flocken. Auf den Dächern der geparkten Autos bildeten sich dünne Schneeschichten, die im milden Lichtschein der Straßenlaternen aussahen wie Zuckerguss auf bunten Tortenstückchen. Hin und wieder lief ein Mensch an Maria vorbei, dick eingepackt in eine wärmende Jacke. Die meisten eilten nach Hause. Nur einmal blieb eine Frau in Marias Nähe stehen, streckte ihre Zunge in die Winternacht und ließ Schneeflocken auf ihr schmelzen.

Maria dachte daran, wie sie Bruce kennengelernt hatte. Sie hatte damals als ehrenamtliche Helferin beim „Weißen Ring" gearbeitet und dabei Menschen unterstützt und beraten, die Opfer von Straftaten geworden waren. Mit dieser ehrenamtlichen Arbeit wollte sie die Scham und Wut bearbeiten, die sich tief in sie eingebrannt hatten, nachdem sie eines Nachts auf dem Nachhauseweg von zwei maskierten Männern überfallen und ausgeraubt worden war. Die Scham und die Wut waren nie ganz verschwunden, aber sie hatte wieder etwas mehr zu sich selbst gefunden, indem sie Menschen half, die Opfer von Verbrechen geworden waren.

Bruce hatte ein paar Monate nach ihr als Ehrenamtlicher beim „Weißen Ring" angefangen und Maria sollte ihm als Mentorin in der ersten Zeit zur Seite stehen. Sie hatten sich von Anfang an gut verstanden und waren nach ein paar Wochen fast so was wie Freunde geworden. Maria hatte es damals dann auch erst als Scherz aufgefasst, als Bruce ihr während eines Essens erzählte, dass er beim „Weißen Ring" nur aus einem Grund angefangen hatte ehrenamtlich zu arbeiten. Er wollte Leute kennenlernen, die von Straftaten betroffen waren und noch keine juristische Gerechtigkeit erfahren hatten, weil die Täter bisher nicht gefasst worden waren. Diesen Menschen wollte er helfen, die Täter ausfindig zu machen. An diesem Abend hatte Bruce ihr auch erzählt, dass er Teil einer kleinen Gruppe sei, die genau wie er beseelt von der Idee wäre, einen Beitrag zu einer gerechteren Welt zu leisten. Die Gruppe plante auch Schwerverbrecher aufzuspüren, die durchs rechtsstaatlich geknüpfte Netz geschlüpft waren. Der „Weißen Ring" sollte für die Gruppe so was wie eine erste Spielwiese sein, auf der sie erste Erfahrungen sammeln wollte. Wie sich später herausstellte, war der „Weißen Ring" nicht nur eine Spielwiese für die Gruppe um Bruce gewesen, sondern auch ein Anziehungspunkt für Personen, die mit dem deutschen Strafverfolgungssystem unzufrieden waren. Einige von ihnen saßen in ihrer Funktion als Polizisten, Juristen und Politiker sogar an zentralen Positionen, hatten Zugang zu unschätzbaren Informationen und waren mehr als bereit, diese den Gerechten zur Verfügung zu stellen. In dieser Zeit hatte es für Maria einer schlaflosen Nacht bedurft, um sich dafür zu entscheiden, bei der Gruppe mitzumachen. Sie verspürte fast so etwas wie Wehmut, als sie an die Anfänge der Gerechten dachte.

Nachdem Maria zwanzig Minuten gewartet hatte, war sie sich ziemlich sicher, dass niemand das Haus beschattete und sie überquerte die Straße. Als sie vor der Haustür stand, rief sie Meret an und bat sie, die Tür zu öffnen. Kurz darauf stand Maria in der Wohnung über Merets Praxis, die die Gerechten vor einigen Jahren angemietet hatten und schloss Meret in ihre Arme. In diesem Moment ahnte Maria nicht, dass sie sich eine halbe Stunde zu spät in den Hofdurchgang gestellt hatte. Wäre sie eher dagewesen, wären ihr sicherlich die zwei Männer aufgefallen, die eine Zeitlang in der Nähe von Merets Praxis herumstanden, sich dann an der Tür des Hauses mit der Nummer 17 zu schaffen gemacht hatten und kurzdarauf in die Praxis von Meret Nowak eingebrochen waren. Wäre sie eine halbe Stunde früher in Frankfurt angekommen, wäre Meret um Mitternacht nicht nochmal einen Stock tiefer in ihre Praxis gegangen, um in Ruhe Mails zu schreiben und „Bürokram zu erledigen", wie sie sagte und wäre dort nicht auf ihre Mörder getroffen. Sie hätte nicht einen langen Leidensweg durchlaufen müssen, als ihre Mörder versuchten, sie zum Reden zu bringen, während Maria und Bruce keine fünf Meter von Meret entfernt, tief und traumlos bis in den frühen Morgen hinein schliefen, solange bis sie von Polizeisirenen geweckt wurden.

17

HANAU

„Sie wissen, wer ich bin." Zwanghaft musste Kim diesen Satz immer und immer wieder denken, während sie auf dem Weg zum Frankfurter Hauptbahnhof war. „Sie müssen uns von Freiburg aus gefolgt sein und wissen jetzt, wer ich bin", überlegte sie. Wie einfach war es heutzutage, von einem Bild, das man von einer Person hatte, auf deren Namen und Kontaktdaten zu schließen? Relativ einfach, mutmaßte Kim. Vor allem für eine Organisation, die Kriegsverbrechern Schutz bot und ihnen eine neue Identität verschaffen konnte.

Kim blieb auf den großen Straßen. Unter vielen Menschen fühlte sie sich einigermaßen sicher. Sie widerstand dem Impuls, sich umzudrehen. Selbst, wenn ihr jemand folgte, das waren Profis. Kim würde ihre Verfolger höchstwahrscheinlich nicht erkennen und es war sicherlich von Vorteil, wenn diese nicht wussten, dass Kim sich verfolgt wähnte. Aber, was wäre, wenn? Wenn jetzt in diesem Moment ein Mann oder eine Frau hinter ihr herlaufen würde, den Blick auf ihren Rücken geheftet? Nur auf eine gute Gelegenheit wartend, um sie in eine unbelebte Seitenstraße oder einen Hofdurchgang abdrängen zu können? Wohin sollte sie jetzt gehen? Kim wusste, was sie nicht tun sollte, nämlich auf direktem Weg zum Bahnhof laufen und nach Hamburg fahren. Als sie an Hamburg dachte, musste sie an Lynn denken. Dann an ihre Mutter, dann wieder an Lynn und dann: „Das sind Profis. Sie wissen, wer ich bin." Sie fragte sich, ob sie von ihrer Hamburger Wohnung wussten. Dachte: „Ich muss Lynn anrufen und sie warnen," Dachte dann: „Das ist übertrieben, ein Anruf macht ihr nur unnötig Angst". Erinnerte sich an die schwarzen Geländewagen, an Joseph Kony und die tote Ärztin. Wollte dann doch Lynn anrufen. Verwarf den Gedanken kurz darauf wieder. Dachte: „Ich muss meine Verfolger abschütteln". Fragte sich: „Wie soll ich das nur machen?" Dann bemerkte sie die Straßenbahn, die ein paar Meter von ihr entfernt an der Haltestelle hielt. Sah die offenen Türen der Straßenbahn. Dann die kleine Lücke zwischen dem Auto, das soeben an ihr vorbeifuhr und dem Auto, das ihm folgte. Dachte: „Ein roter Toyota", dann: „Wie nebensächlich". Dachte: „Jetzt" und lief los. Während sie lief, nahm sie die blinkenden Lichter wahr, die das Schließen der Straßenbahntüren ankündigten. Dachte: „Das schaffe ich nicht". Lief weiter. Erreichte die Straßenbahn und sprang zwischen den sich schließenden Türen in die Bahn. Stolperte, taumelte gegen eine Sitzbank und schlug mit dem rechten Knie dagegen. Sie registrierte, wie einige Leute sie musterten. Dachte: „Ich habe es doch geschafft". Warf einen Blick aus dem Fenster, konnte nichts Auffälliges entdecken. Fragte sich: „Bin ich verfolgt worden?" Fragte sich weiter: „Bin ich verrückt?"

Die Straßenbahn beschleunigte, bremste jedoch kurz darauf wieder ab. Kam zum Halten. Kim sah nach vorne. Die Bahn stand vor einer großen Kreuzung. Die Ampel vor ihr zeigte einen waagrechten Balken. Kim zählte ungeduldig die Sekunden. Bei 42 schaltete die Ampel auf einen senkrechten Balken und die Straßenbahn fuhr wieder an. Kim sah wieder in die Richtung, aus der sie gekommen war, doch mittlerweile waren viele Fahrgäste aufgestanden, drängten zu den Ausgangstüren und versperrten Kim den Blick nach draußen. Selbst, wenn jemand der Straßenbahn hinterherrennen würde, könnte Kim diese Person gerade nicht erkennen. Einen Moment später hielt die Straßenbahn erneut an. Die Türen öffneten sich und Fahrgäste stiegen aus. Anschließend stiegen Leute von draußen ein. Kim versuchte, den Überblick zu behalten. Vorne, bei der Fahrerin, kam ein alter Mann herein. Die Augen fest auf den Boden gerichtet, schlurfte er langsam den Gang entlang, gefolgt von einer Frau mit zwei Kindern, vielleicht fünf und sieben Jahre alt. Kim dachte: Keine Gefahr von vorne. Durch die mittlere Tür sah Kim einen jungen, hochgewachsenen, schlanken Mann hereinkommen. Schwarze Lederjacke, schwarze Hose, blond gefärbter Iro auf dem Kopf. Ihm folgten drei junge Frauen mit kurzen Röcken und bauchfreien Sweatshirts. Sie redeten aufgeregt miteinander und wirkten fröhlich. Auch keine

Auftragskiller, dachte Kim. Durch die hintere Tür stieg eine Frau mit Kopftuch ein, schwer beladen mit mehreren Taschen voller Lebensmittel. Kim atmete aus und für einen Moment fühlte sie sich sicher. Die Türen schlossen sich und die Straßenbahn ruckelte an. Sie fuhr noch vier Stationen und stieg dann aus.

Kim hatte sich in der Straßenbahn einen Plan zurechtgelegt. Sie wollte gleich ein Taxi nach Hanau nehmen, von dort mit dem Zug nach Bremen fahren und dann mit dem Bus nach Hamburg. Sie hatte keine Ahnung, ob das eine gute Idee war, ob sie damit für eine kurze Zeit ihre Spuren verwischen konnte. Was wusste sie schon?

Sie musste keine zwei Minuten warten, bis ein Taxi kam. Sie winkte es heran und stieg ein.

„Nach Hanau, zum Hauptbahnhof", sagte sie, lehnte sich zurück und musste an das Spiel ‚Scotland Yard' denken, das sie früher oft gespielt hatte. In dem Spiel musste ein Mister X mit Taxi, Bus und U-Bahn durch London fahren, ohne von den Detektiven gefangen genommen zu werden, die ihn verfolgten. Die meiste Zeit konnte Mister X unsichtbar durch London fahren, ohne dass die Detektive nachvollziehen konnten, welches Verkehrsmittel er nutzte. Nur ab und zu musste er an einer Haltestation „auftauchen". Die Detektive und Detektivinnen wussten dann, wo er sich in London befand und konnten ihren Verfolgungsring enger ziehen. Kim hoffte, zumindest in diesem Moment für ihre Verfolger unsichtbar zu sein.

1 8

F R A N K F U R T

Es waren mittlerweile zehn Stunden vergangen, seitdem zwei Polizisten an der Wohnungstür geklingelt und Maria erklärt hatten, in der Wohnung einen Stock tiefer habe es einen Mord gegeben. Sie hatten Maria gefragt, ob sie irgendwas gehört oder etwas Verdächtiges bemerkt habe. Bruce hatte im Nebenzimmer gelegen und die Stimmen nur gedämpft und undeutlich vernommen, doch als die Polizisten wieder gegangen waren, hatte Maria ihm die Informationen der Polizisten wörtlich wiedergegeben. Anschließend hatten sie die Trauer verdrängt, Nuria und andere Menschen, mit denen sie zusammengearbeitet hatten, gewarnt und ihnen empfohlen, erstmal soweit es ging, in Deckung zu bleiben. Ihr eigene Wohnung hatten sie als sicher eingeschätzt und deshalb entschieden erst einmal dort zu bleiben. Wäre die Wohnung aufgeflogen, so ihre Überlegung, wären Merets Mörder wohl auch zu ihnen gekommen. Als es dunkel geworden war, hatte Maria sich die Haare geschnitten und dunkelblond gefärbt. Danach hatte sie sich mit Körperpolstern und Schminke zwanzig Kilo schwerer und zehn Jahre älter gemacht – die Wohnung war für solche Notfälle ausgerüstet – und war runter auf die Straße gegangen, um Einkäufe zu erledigen.

Bruce fühlte sich so erschöpft und ausgelaugt wie schon lange nicht mehr. Dazu kam eine fein gewebte Decke aus Verzweiflung, die sich über seinen ans Bett gefesselten Körper gelegt hatte und den Tag über schwerer und schwerer geworden war. Die Schmerzen, die wie Flut und Ebbe kamen und gingen, abhängig von der Schmerzmittelmenge in seinem Körper, zermürbten ihn. Während Bruce darauf wartete, dass Maria von ihrer Einkaufstour zurückkam, fiel er in einen unruhigen Halbschlaf, in dem sich Traumsequenzen und Wachbilder miteinander abwechselten. In diesem Dämmerzustand erinnerte er sich an die beiden Menschen, die ihn so viele Jahre begleitet hatten, nun aber für immer verloren waren:
Max, wie er an einem verregneten Sommertag im Jahr 2009 in kurzer Hose und mit nassen, kurzen Haaren im Treppenhaus an der Tür zu Bruce Berliner Einzimmerwohnung stand. Im Schlepptau einen grauhaarigen Mann - laut Max ein ehemaliger Unterstützer der RAF mit guten Kontakten zur kolumbianischen FARC-Guerilla – , dessen schmales Gesicht eine Reihe tiefer Furchen aufwies. Max und Meret, wie sie eine Stunde zu spät zu einem Treffen mit Unterstützerinnen in Kopenhagen kamen, Arm in Arm,

verschmitzt lächelnd und allen Anwesenden verkündeten, dass sie soeben geheiratet hatten. Meret in einem Kaffeehaus in Wien, wie sie verzückt auf das riesige Stück Sachertorte vor sich schaute, voller Vorfreude auf den ersten sahnig-aprikosigen Geschmack im Mund. Max, der sich bei Bruce ausheulte, nachdem er zum ersten Mal einen Menschen getötet hatte. Max kaltes, lebloses Gesicht, eingerahmt von verschneiten, abweisenden Fichten. Dann erschien Bruce auf einmal auch Max Mörderin, wie sie aus dem Wald heraustrat und zu Bruce ins Auto stieg, sich über ihn beugte, ihn schüttelte und ihm zurief, er solle aufwachen.

Bruce schlug die Augen auf und schaute in Marias besorgtes Gesicht. Die unbekannte Mörderin verblasste und verschwand dann ganz.

„Du hast dich hin und her geworfen und geweint", Maria setzte sich neben ihn aufs Bett. „Du darfst dich nicht so doll bewegen, wenn die Nähte aufgehen…", Maria sprach den Satz nicht zu Ende. Bruce wusste auch so, was es bedeutete, wenn sein Gesundheitszustand sich wieder verschlechtern würde. Sie hatten in Frankfurt keine weiteren Unterstützer, waren hier auf sich allein gestellt und er war sicher noch für ein paar Tage transportunfähig.

„Maria, diese Frau, die mich hierhergebracht hat, wir müssen sie warnen, sie ist in Gefahr", sagte Bruce.

Maria schüttelte den Kopf. „Wir können nichts für sie tun, Bruce."

„Sie hat mir das Leben gerettet", sagte Bruce.

„Und davor das Leben von Max genommen." Maria stand auf und signalisierte damit, dass das Thema für sie beendet war. Doch für Bruce war das Thema noch nicht abgeschlossen. Wie konnte es? Er lag im Bett, hatte nichts weiter zu tun, als nachzudenken und gleichzeitig dagegen anzukämpfen, dass seine Gedanken auf eine abschüssige Bahn gerieten, ins Bodenlose stürzten und in freiem Fall die Stützpfeiler seines Selbst einrissen. Er musste Nuria erreichen und sie bitten, anhand des Parkplatzfotos, das im Darknet kursierte, herauszufinden, wer diese Frau war, die ihn nach Frankfurt gebracht hatte. Wie sie hieß, wo sie wohnte, wie man sie warnen konnte. Er verdankte ihr sein Leben.

Sie hatten ihre Handys ausgeschaltet, aber er konnte Nuria eine Mail schreiben. Bruce Laptop stand aufgeklappt auf einem Stuhl neben seinem Bett. Der Laptop bildete den einzigen verbliebenen offenen Zugang zur Außenwelt.

„Nuria", schrieb Bruce, „bist du online?"

Nur einen kurzen Augenblick später bekam Bruce eine Antwort. „Bruce, wie geht es dir?"

1 9

HAMBURG

Es war nach Mitternacht als Kim am Hamburger Busbahnhof ankam. Auch in Hamburg hatte es geschneit. Heute Nacht lagen die Temperaturen jedoch über null Grad und der Regen, der kurz vor ihrer Ankunft am Busbahnhof eingesetzt hatte, schlug schon kleine Schneisen in die Schneehügel, die am Straßenrand ihr kurzes Leben fristeten. Es würde wohl nicht mehr lange dauern, bis der Schnee als graue, dreckige Masse in den Abwasserkanälen Hamburgs verschwinden würde.

Auf der Adenauerallee wandte sich Kim nach links in Richtung Südbahnhof und kurz darauf befand sie sich auf dem U-Bahnsteig. Sie hatte Glück. Drei Minuten später fuhr die U3 ein und um Viertel vor Eins stand sie vor dem Haus in der Drögestraße 8, in dem ihre Wohnung lag. Kim ging davon aus, dass Lynn sich noch nicht wieder mit ihrem Freund vertragen hatte und deshalb schon ins Bett gegangen war und schlief. Unter der Woche traf Lynn außer ihrem Freund nur selten Leute.

Im Hausflur roch es nach Knoblauch und gebratenem Fleisch, als ob sich jemand vor kurzem beim Imbiss um die Ecke einen Döner geholt und im Treppenhaus gegessen hätte. Vor ein paar Wochen hatte Kims Nachbar Urs ihr erzählt, dass seine beiden Töchter nur noch vegan essen wollten und dass es seitdem in der Familie dauernd Streit ums Essen gäbe. Was früher das Zigarette rauchen war, sei heutzutage das Fleisch essen, hatte Urs zu ihr gesagt. Kim lächelte bei dieser Erinnerung und lief die Treppen hoch, bis sie vor ihrer Wohnungstür stand. Sie steckte ihren Schlüssel ins Türschloss und fragte sich, ob sie Lynn noch wecken wollte. Verwarf den Gedanken. Sie hatte morgen noch ausreichend Zeit, um Lynn zu erzählen, was in den letzten Tagen passiert war. Leise schloss sie die Tür auf.

Das Licht im Treppenhaus erlosch und es dauerte einen Moment, bis Kim verstand, warum sie den langgezogenen, schmalen Wohnungsflur und die vielen Fotos von ihr und Lynn an der rechten Wand vor sich sehen konnte und nicht im Dunkeln stand. Am anderen Ende des Flurs stand die Tür von Lynns Zimmer offen und Licht drang nach draußen. Damit hatte Kim nicht gerechnet. Voller Vorfreude, ihre Freundin früher als erwartet in die Arme schließen zu können, machte Kim die Wohnungstür zu und ging leise den Flur entlang. Sie wollte Lynn in ihrem Zimmer überraschen. Als sie am Bad vorbeilief, hörte Kim das Rauschen der Klospülung.

Kurz überlegte sie, ob sie Lynn schon direkt an der Badezimmertür überraschen sollte, lief dann aber weiter zu Lynns Zimmer. Dann brauchte Kim jedoch wieder einen Moment, bis sie einordnen konnte, was sich vor ihr abspielte. Lynn saß auf einem Stuhl, die Arme nach hinten gebogen, die Beine an den Stuhl festgebunden. Lynns Augen waren auf den Boden gerichtet. Die linke Augenbraue war aufgeplatzt und eine feine Blutspur zog sich über die Wange bis zum Mund. Ihr schräg gegenüber, mit dem Rücken zu Kim, stand ein großer, breitschultriger Mann in einem schwarzen T-Shirt und in blauer Jeans. Am rechten Ohr trug er eine goldene Creole.

Der Schlag kam plötzlich und so heftig, dass erst Lynns Kopf zur Seite flog, dann der Stuhl nach hinten kippte und Lynn auf dem Boden aufschlug.

„Süße, wir schauen uns hier gleich mal um und du überlegst so lange, ob dir vielleicht doch noch einfällt, wo deine Freundin sein könnte. Besser wäre es für uns alle. Wir kommen schneller hier wieder raus und du ersparst dir eine Menge Kummer." Die Stimme des Mannes klang weich, fast zärtlich, als ob er mit seiner Stimme seinen massigen Körper im Gleichgewicht halten wollte. Kim machte einen Schritt zurück und zwang sich, nicht an Lynn zu denken. Ihr blieben nur wenige Sekunden. Gleich käme jemand aus dem Bad und dann würden sie die Wohnung durchsuchen. Am wahrscheinlichsten war es, dass sie in ihrem Zimmer damit anfangen würden.

Die Küche, sie konnte nur in die Küche, die Lynns Zimmer gegenüber lag. In die Küche zu gehen war riskant, da sie dann kurz von Lynns Zimmer aus zu sehen war. Der große Mann mit der zärtlichen Stimme musste nur seine Position wechseln und ungeduldig in Richtung Flur nach seinem Begleiter Ausschau halten. Kim sah die Küche vor sich: Ein offener Raum mit einem Tisch und mehreren Stühlen in der Mitte. An der Wand gegenüber der Tür stand ein riesiges Küchenbuffet aus Holz, in dem Kim und Lynn Gläser, Tassen, Teller und eine Menge anderer Dinge aufbewahrten, die an anderen Orten der Wohnung kein Zuhause gefunden hatten. Weiterhin gab es in der Küche eine Küchenzeile, die sich an der linken Wand entlang zog, mit einem Regal, einem Abwaschbecken und einem Geschirrspüler. Daneben stand der Kühlschrank, den Kims Mutter ihr zum Einzug in die neue Wohnung geschenkt hatte. Wo sollte sie sich da verstecken? Sie musste darauf hoffen, dass der Mann und die Person im Bad direkt in Kims Zimmer gingen und nicht vorher in der Küche vorbeischauten.

Die Badezimmertür schwang auf. Kim stieß sich von der Wand ab und machte drei Schritte zur gegenüberliegenden Küchentür, die wie immer offenstand. Sie zwang sich, nicht nachzuschauen, ob der Mann in Lynns Zimmer gerade in ihre Richtung sah. Machte drei weitere Schritte in die Küche hinein und wandte sich dann nach links. Sie stand vor dem Abwaschbecken und versuchte, so flach und lautlos wie möglich zu atmen. Sie traute sich nicht, sich umzudrehen. Starrte stattdessen auf den Wasserhahn, von dem beständig kleine Wassertropfen abperlten, die beim Aufkommen auf das Edelstahlbecken leise, hohe Töne von sich gaben. Hatte der Mann sie gesehen? Sie erwartete, jeden Moment eine Hand auf ihrer Schulter zu spüren, ein kurzes Auflachen zu hören und die Aufforderung, keine Dummheiten zu machen. Drei, vier Sekunden vergingen, aber bis auf die Wassertropfen war in der Küche nichts zu hören. Kim zwang sich zur Tür zu schauen. Da war niemand. Aber was sollte sie tun, wenn die beiden Einbrecher in die Küche kamen? Kurz überlegte sie, sich mit einem Küchenmesser aus der Schublade des Buffets zu bewaffnen. Dann erschien ihr jedoch die Vorstellung lächerlich, die beiden mit einem Messer in Schach zu halten. Sie hörte, wie jemand den Flur entlanglief und Lynns Zimmer betrat. Jeden Augenblick konnten die beiden Personen das Zimmer wieder verlassen und dann würde sich zeigen, ob sie sich wirklich zuerst Kims Zimmer vornehmen würden. Um nicht völlig schutzlos in der Mitte der Küche zu stehen, zwängte sich Kim zwischen Küchenzeile und Kühlschrank an die Wand. Viel Schutz bot ihr diese Position nicht, aber etwas Besseres fiel ihr nicht ein.

„Was meinst du? Weiß sie wirklich nichts?" Die Stimme, die Kim jetzt hören konnte, klang tiefer und rauer als die des anderen Mannes und war deutlicher zu verstehen. Die beiden Männer mussten mittlerweile im Flur stehen. Kim traute sich nicht zu atmen. Schweiß lief ihr den Rücken hinunter und sie merkte plötzlich, wie sie dringend aufs Klo musste.

„Das ist doch alles eine große Scheiße. Hier passt doch nichts zusammen. Schau dir die Wohnung an und die Kleine da drinnen. Hier leben doch keine Auftragskillerinnen oder Frauen, die mit den Gerechten zusammenarbeiten." Der Mann, den Kim schon in Lynns Zimmer gesehen hatte, machte eine kurze Pause und fuhr dann fort: „Was solls, wir bringen das jetzt schnell zu Ende, geben Bescheid und dann, ab nach Hause."

Die Stimmen entfernten sich. Für einen Moment war Kim in der Küche sicher, aber bleiben konnte sie dort auf keinen Fall. Außerdem musste sie nach Lynn sehen, schauen, ob es ihr gut ging. Sie musste ihr zeigen, dass ihre Freundin da war und dass sie mit Hilfe rechnen konnte. Mit Hilfe rechnen? Kim wurde übel bei dem Gedanken. Was konnte sie schon tun, als ein besseres Versteck zu finden und abzuwarten, bis die Männer wieder gegangen waren. Aber was, wenn sie nicht einfach wieder gehen würden, wenn sie Lynn töten würden? Hatte der Mann in Lynns Zimmer eine Maske getragen? Kim versuchte sich zu erinnern. Sie hatte ihn nur von hinten gesehen. Aber nein, Kim war sich ziemlich sicher, dass der Mann sein Gesicht nicht verdeckt hatte. Das hieß, Lynn könnte die Männer identifizieren und das würden sie nicht zulassen. Kim musste irgendetwas tun. Sie konnte jedoch nicht mehr klar denken. Sie versuchte, sich auf ihre Umgebung zu konzentrieren. Lauschte. Doch sie hörte nur diese verfluchten Wassertropfen, die aus dem Wasserhahn auf das Edelstahlbecken aufschlugen und alles andere übertönten. Ein heißes Gefühl der Wut überfiel sie. So unmittelbar und stark, dass sie für einen Moment alles andere vergaß. Sie war plötzlich so wütend auf Lynn, weil sie schon vor ein paar Wochen den Wasserhahn reparieren wollte. Auch auf sich selbst war sie wütend, weil sie Lynn nicht angerufen und gebeten hatte, woanders unterzukommen. Und weil sie so dumm gewesen war, hierherzukommen. Sie war wütend auf diese ganze beschissene Situation, in der sie jetzt steckte. Ein Handyklingeln drang in ihr Bewusstsein. Kim erschrak und für einen Augenblick glaubte sie, dass es ihr Handy war, das klingelte. Doch der Klingelton klang gedämpft, war weiter entfernt. Dass sie daran nicht gedacht hatte! Kim holte ihr Telefon aus der Hosentasche und stellte es auf lautlos. Nicht auszudenken, was passiert wäre, hätte sie jemand in den letzten Minuten angerufen. Das Klingeln brach ab und stattdessen hörte sie einen der Männer auf dem Flur telefonieren. Und dann, so plötzlich, wie sie gekommen war, verschwand die Wut wieder und sie wusste, was sie tun konnte. Sie würde die Polizei anrufen und einen Einbruch in ihrer Wohnung melden und darauf hoffen, dass diese schnell genug auftauchen und die Männer vertreiben würde. Sie wartete, bis der Mann im Flur das Telefonat beendete und in ihrem Zimmer verschwand. Kim wählte die 110 und nach viermaligem Klingeln nahm jemand ab.

„Polizeikommissariat 31. Wie kann ich Ihnen helfen?" Die Frau am Telefon klang müde.

„In meiner Wohnung sind Einbrecher. Bitte schicken Sie so schnell wie möglich jemanden in die Drögestraße 8 zu Koch und Martín." Kim versuchte so leise wie möglich zu sprechen und gleichzeitig zu lauschen, ob die Männer wieder aus ihrem Zimmer kamen.

„Entschuldigen Sie bitte, aber ich kann sie nicht verstehen. Können Sie bitte nochmal wiederholen, was Sie gesagt haben?" Kim meinte, in dem müden Ton der Frau eine Spur Genervtheit herauszuhören.

„Sie müssen mir helfen, bitte! Zwei Männer sind in meine Wohnung eingebrochen. Ich habe mich versteckt, aber sie können mich jederzeit entdecken. Bitte schicken Sie jemanden in die Drögestraße 8 zu Koch und Martín."

War das zu laut gewesen? Hatten die Männer sie gehört? Hatte die Frau am anderen Telefon sie diesmal verstanden? Kims T-Shirt war mittlerweile durchgeschwitzt. Stille. Ein paar Sekunden verstrichen. Kim verstand nicht, warum die Frau nichts sagte. Wie lange würden die Männer sich in ihrem Zimmer umschauen? Ihr Zimmer war klein, viel besaß sie nicht. Eine Viertelstunde vielleicht? Die Zeit verging viel zu schnell und viel zu langsam.

„Ihren Namen bitte", meldete sich die Frau plötzlich wieder zu Wort.

Warum will sie jetzt auch noch meinen Namen wissen? Das macht doch keinen Sinn. Kim biss sich auf die Unterlippe. „Kim Martín. Ich heiße Kim Martín. Beeilen Sie sich, bitte."

„Bleiben Sie, wo Sie sind. Wir schicken jemanden zu Ihnen." Die Frau beendete das Gespräch.

Und jetzt? Wann würde die Polizei hier sein? Kim hatte keine Ahnung. Sie konnte aber nicht darauf hoffen, dass die beiden Männer noch lange in ihrem Zimmer bleiben würden. Sie brauchte ein besseres Versteck. Das Einzige, was ihr einfiel, war Lynns Zimmer. Dort konnte sie unter Lynns Bett kriechen. Das war nicht perfekt, aber besser, als weiter schutzlos in der Küche zu stehen. Kim drückte sich von der Wand weg und schlich zum Küchenausgang. Von dort konnte sie in Lynns Zimmer sehen. Was sie dort sah, hätte sie wahrscheinlich noch vor ein paar Tagen gelähmt vor Angst. Doch seitdem war so vieles passiert, dass das Bild von Lynn, wie sie auf dem umgekippten Stuhl gefesselt auf dem Rücken lag, das Gesicht von Schlägen gezeichnet, ein Klebeband vor dem Mund und die Augen geschlossen, sie vor allem wütend machte. Vorsichtig sah sie nach rechts. Der Flur war leer. Kim lief los. Dann stand sie neben Lynn und schaute auf sie hinunter.

„Lynn, ich bin es, Kim", flüsterte sie, beugte sich hinunter und tippte Lynn vorsichtig an die Schulter.

Lynn zuckte zusammen, öffnete die Augen. Für einen Moment lag eine Mischung aus Verwunderung, Hoffnung und Panik in ihrem Gesicht. Dann setzte sich die Angst durch. Lynn schüttelte den Kopf, ihre Augen wanderten zur Tür.

„Lynn, die Männer haben keine Ahnung, dass ich hier bin. Ich habe die Polizei gerufen, es wird alles…"

Schritte und ein Pfeifen. Jemand lief den Flur entlang und pfiff dabei die Titelmelodie von Fluch der Karibik. Kim ließ sich auf den Boden fallen, robbte zum Bett, zwängte sich darunter.

„Schau du in der Küche nach, ich nehme mir noch dieses Zimmer vor, aber wie gesagt, ich glaube nicht, dass wir hier noch irgendwas finden. In spätestens einer halben Stunde will ich hier weg sein." Der Mann mit der zärtlichen Stimme stand jetzt zwischen Lynn und dem Bett. Kim konnte von dort, wo sie lag, die Schuhe des Mannes sehen. Grobe, schwere, schwarze Lederstiefel. Der Mann entfernte sich in die Richtung, in der Lynns Bücherregal stand. Kurz darauf landeten die ersten Bücher auf dem Boden. Der Mann machte sich nicht die Mühe, die Bücher wieder ins Regal zu stellen, nachdem er sie durchgeblättert hatte. Der Mann in der Küche ging anscheinend ähnlich vor. Von dort hörte Kim Tassen und Teller auf dem Boden zerschellen. Sie lag eingezwängt zwischen Fußboden und Lattenrost. Der Staub unter dem Bett machte ihr das Atmen schwer und mittlerweile musste sie so dringend aufs Klo, dass sie befürchtete, gleich lospinkeln zu müssen. Während der Mann sich durch Lynns Bücherregal durcharbeitete, vergingen weitere Minuten.

„Mike, ich bin durch. Kann ich hier noch was tun?" Der Mann, der in der Küche gewesen war, stand in der Tür zu Lynns Zimmer.

„Nimm dir doch noch das Bett vor oder kümmere dich um die Kleine." In die zärtliche Stimme mischte sich ein harter Unterton.

Wo. Bleibt. Die. Polizei? Kim hatte so sehr gehofft, dass die Polizei noch rechtzeitig kommen würde. Sie drehte leicht ihren Kopf, sodass Lynn in ihr Blickfeld geriet. Sie wollte ihr ein letztes Mal in die Augen sehen, ihr zu verstehen geben, dass es ihr so wahnsinnig leidtat, was passiert war. Lynn hatte jedoch ihre Augen wieder geschlossen und Kim blieb mit ihren Schuldgefühlen allein.

Ein paar Sekunden verstrichen, dann schloss auch Kim die Augen. Sie stellte sich vor, dass die Männer sie dadurch nicht mehr sehen konnten. So wie früher als Kind, wenn sie mit ihren Eltern Verstecken spielte und sie sich mit geschlossenen Augen in das Wohnzimmer stellte, weil sie glaubte, so für ihre Eltern unsichtbar zu sein. Sie hörte Schritte näherkommen. Dann klingelte es an der Wohnungstür. Kurz darauf rief einer der Männer etwas, das sie nicht verstand. Der andere Mann fluchte. Kim vernahm schnelle Schritte, ein Fenster, das aufgerissen wurde. Ein Schuss. Wieder Schritte. Ein kalter Luftzug, der unter das Bett kroch. Undeutliche Stimmen. Stille. Dann wieder Klingeln und Rufe. Diesmal deutlicher: „Polizei, machen Sie die Tür auf!" Kim drehte noch einmal ihren Kopf, schaute zu Lynn, die ihre Augen immer noch geschlossen hatte. Diesmal wirkte ihr gesamtes Gesicht entspannter, fast schon friedlich. Was störte, war der feine Blutfluss, der ihrem linken Ohr entsprang. Dann hörte Kim das Zersplittern von Holz. Rufe. Schritte. Sie fing an zu weinen.

2 0

AUTOBAHN

Bruce lehnte sich erschöpft in seinem Bett zurück. Er kämpfte gegen die Müdigkeit an, gab sich alle Mühe, die Augen offen zu halten und dem Gespräch zu folgen. Nuria saß in ihrem SUV und hatte den Laptop neben sich auf den Beifahrersitz gestellt, sodass Bruce ihr rechtes Profil sah.

Nuria hatte innerhalb einer halben Stunde den Namen und die aktuelle Adresse von Kim Martín herausgefunden. Bruce hatte sie daraufhin nicht lange überreden müssen, nach Hamburg zu fahren, um dort Kim vor möglichen Verfolgern zu warnen und in Sicherheit zu bringen. Nuria war um kurz vor 22:00 Uhr in Berlin losgefahren und würde gegen 0:30 Uhr in der Drögestraße 8 ankommen. Alles Weitere würde sich dann zeigen oder, wie Nuria es ausgedrückt hatte: „Ich sondiere erstmal die Lage und dann sehen wir weiter."

Das Radio in Nurias SUV spielte Songs aus den 80ern. Einige kamen Bruce vertraut vor, weil sein Bruder sie früher immer gehört hatte. Aber eigentlich mochte er die

80er nicht. Sie waren ihm zu schrill, zu selbstverliebt in ihren Untergangsfantasien. Er war ein Kind der 90er, zumindest, was die Musik betraf.

Nach einer längeren Gesprächspause sagte Nuria:

„Erzähl mir was, Bruce, ich schlafe sonst ein. Eine Stunde muss ich noch durchhalten. Müssen wir noch durchhalten", verbesserte sie sich. „Danach kannst du die Augen zumachen oder du fragst Maria, ob sie für dich einspringt."

„Nein, ist schon ok", erwiderte Bruce, „besser wir lassen Maria erstmal außen vor. Du weißt ja, wie sie ist, wenn sie zum Nichtstun verdammt ist. Außerdem ist sie eh vor einer Stunde noch einmal rausgegangen, „den Kopf frei lüften", wie sie gesagt hat." Ein kurzer Moment verging, dann fügte Bruce hinzu. „Es ist vorbei, Nuria. Vor mehr als fünfzehn Jahren hat alles angefangen und jetzt endet es. Hast du dir das Ende so vorgestellt?"

„Schätzchen", sagte Nuria, „es ist erst zu Ende, wenn wir diese Kim gefunden haben, du wieder laufen kannst und wir den Notausgang genommen haben. So lange halten wir den Kopf oben und tun, was wir tun müssen. Ok, Bruce?"

Wieder verging ein kurzer Augenblick. Bruce wusste nicht, wie er das Gespräch weiterführen sollte. Zu viel ging ihm im Kopf herum. Zu viel passierte gleichzeitig. Nuria blickte nach vorn auf die Straße und im Hintergrund sangen The Clash davon, wie die Polizisten in Brixton das Gesetz mit Füßen traten.

„Weißt du noch, damals?", fragte Bruce schließlich. „Kannst du dich noch daran erinnern, als du, Max und ich uns das erste Mal begegnet sind?"

„Natürlich Bruce, natürlich kann ich das. Der erste warme Frühlingstag, die Sonne schien und der Biergarten war voller Menschen. Ich habe mich zu euch an den Tisch gesetzt und ihr habt auf einmal aufgehört zu reden. Als ich dann wieder aufstehen und gehen wollte, weil ich das plötzliche Schweigen unangenehm fand, hat Max mich angesprochen und nach meinem Namen gefragt. Und dann…"

„Ja, und dann, dann haben sie uns irgendwann aus dem Biergarten geschmissen", sagte Bruce, „nachdem wir uns darüber gestritten hatten, ob der Einmarsch der Amis und der Engländer in den Irak legitim war und du, du warst so voller Hass auf Saddam Hussein und was er den Kurden angetan hatte. Du fandest jedes Mittel recht, ihn dran zu kriegen."

„Ja", sagte Nuria, „so war das. Und bereust du es?"

„Was?", fragte Bruce, „dass wir uns kennengelernt haben?"

„Nein", erwiderte Nuria, „alles", und zuckte dabei mit den Schultern. „Den Weg, den wir danach eingeschlagen, die Entscheidungen, die wir getroffen haben. Ich habe in den letzten Tagen, seitdem alles angefangen hat, den Bach runterzugehen, immer wieder daran denken müssen, was aus mir geworden wäre, wenn ich mich damals nicht zu euch gesetzt hätte?"

„Du wärst in die Türkei gegangen und hättest dich der PKK angeschlossen, so wie du drauf warst", antwortete Bruce.

„Ja, vielleicht", stimmte Nuria ihm zu, „vielleicht hätte ich mich aber auch an einen anderen Tisch gesetzt, hätte eine süße, gutaussehende Frau kennengelernt und irgendwann Kinder bekommen."

Sie schwiegen eine Weile, bis Bruce sagte: „Man bekommt im Leben nie alles unter einen Hut. Entweder man ist auf die eine Art unglücklich oder auf die andere Art."

„Oder glücklich", sagte Nuria, „oder eben auf die andere Art glücklich. Ach, was solls, lass uns nach vorne schauen. Noch eine halbe Stunde und dann kannst du erstmal die Augen zumachen. Ich regle das mit Kim, auf die eine Art oder auf die andere."

Im Radio lief gerade ‚Hallo, darkness my old friend', was nun wirklich kein Song aus den 80ern ist, dachte Bruce. Auch Radiosender befolgten wohl manchmal ihre eigenen selbstauferlegten Regeln nicht. Dann schlief er ein.

Nuria ließ ihn schlafen, drehte das Radio lauter und fragte sich erneut, wie ihr Leben verlaufen wäre, hätte sie damals nicht Bruce und Max kennengelernt.

21

HAMBURG

Kim saß am Küchentisch, während die zwei Polizisten, die vor ungefähr einer halben Stunde in ihre Wohnung gestürmt waren, noch ein letztes Mal durch die Wohnung gingen. Der Notarzt hatte Lynn vor ein paar Minuten abgeholt. Sie war schwer verletzt, lebte aber und das war das Einzige, an das Kim im Moment denken konnte.

Einer der beiden Polizisten setzte sich zu Kim an den Tisch. Es war der rundlichere, ältere von beiden, in dessen Gesicht sich eine vertrauenswürdige, sorgenvolle und großväterliche Empathie widerspiegelte. Er tätschelte Kims Hand und sagte:

„Frau Martín, Sie müssen leider noch kurz mit aufs Revier kommen, damit wir ihre Aussage aufnehmen können. Dann fahren wir Sie gerne ins Krankenhaus zu ihrer Freundin. Es tut mir leid, was Ihnen hier passiert ist. Können wir sonst etwas für Sie tun? Vielleicht jemanden anrufen? Freunde, Ihre Familie?"

Kim schüttelte den Kopf. „Sie haben mein Leben gerettet, das ist schon mehr als genug." Sie lächelte schwach. In diesem Moment wusste sie, dass sie sich der Wirkung dieses Mannes nicht würde entziehen können. Spätestens auf dem Polizeirevier würde sie sich ihm anvertrauen. Für Kim war es ein seltsamer Gedanke, einem Polizisten gegenüber Vertrauen aufzubringen. Damit musste sie sich erstmal anfreunden. Doch gleichzeitig spürte sie jetzt schon einen Anflug von Erleichterung bei der Vorstellung, endlich von ihren Erlebnissen der letzten Tage erzählen zu können. Allerdings müsste sie die ein oder andere Auslassung oder Akzentverschiebung in ihrer Geschichte vornehmen, um nicht allzu stark in den Fokus der Strafverfolgungsbehörden zu geraten.

Eine Viertelstunde später saß Kim im Fond des Polizeiautos und ließ Hamburgs menschenverlassene Straßen an sich vorbeiziehen. Die meisten Ampeln waren ausgeschaltet, nur ihre orangenen Lichter blinkten aufgeregt in den Nachthimmel. Irgendwann sprang einer der wenigen aktiven Ampeln an einer großen Kreuzung auf Rot und der dicke Polizist, der am Steuer saß, trat so heftig auf die Bremse, dass der Wagen abrupt stehenblieb. Der Polizist auf dem Beifahrersitz, der sich Kim in der Wohnung mit dem Namen „Kirsten" vorgestellt und bisher noch kaum ein Wort mit ihr geredet hatte, drehte sich zu ihr um.

„Frau Martín ...", setzte er an, als plötzlich ein dunkler Golf neben dem Polizeiauto zum Stehen kam. Zwei maskierte Männer sprangen aus dem Wagen. Einer von ihnen rannte zur linken Vordertür des Polizeiwagens, der andere zur rechten Tür. Beide Männer blieben für einen kurzen Augenblick stehen. Dann rissen sie zeitgleich die Türen des Polizeiautos auf und hielten den verdutzten Polizisten ihre Pistolen vors Gesicht.

Kim würde nie erfahren, was ihr der Polizist hatte sagen wollen. Ihre beiden Begleiter wurden entwaffnet, gefesselt und in den Kofferraum gesperrt. Dann zwangen die Männer Kim aus dem Polizeiwagen aus- und in den Golf einzusteigen. Die weiche, zärtliche Stimme des einen maskierten Mannes verriet Kim, dass es sich um die beiden Männer aus ihrer Wohnung handelte. Sie mussten vor dem Haus gewartet haben und waren wohl nicht so ohne weiteres bereit, sie davonkommen zu lassen. Anschließend setzte sich der Mann, den Kim an seiner Stimme erkannt hatte, in den Polizeiwagen und fuhr von der Kreuzung in eine kleine Seitenstraße hinein. Der zweite Mann folgte ihm in dem anderen Wagen. Nach ein paar Minuten saßen beide Männer wieder zusammen im Golf, sprachen leise miteinander und schenkten Kim keine weitere Beachtung.

Kim wurde weiter durchs nächtliche Hamburg gefahren, bis auch der Fahrer des Golfs auf die Bremse trat. Vor ihm sprang eine Ampel auf Rot. „Déjà-vu", dachte Kim, als neben ihr ein SUV stoppte und eine Frau heraussprang. Sie öffnete die Fahrertür des Golfs, zögerte keine Sekunde und gab zwei Schüsse auf die beiden Entführer ab. Danach zerrte die Frau Kim aus dem Auto und schleifte sie zum SUV. Dort machte sie die Autotür auf, stieß Kim hinein, lief um den Wagen herum, stieg ein, startete den SUV und fuhr mit voller Geschwindigkeit davon.

„Keine Angst, Kim", sagte die Frau, „ich heiße Nuria und du bist jetzt in Sicherheit."

2 2

STOLPE-SÜD

Nuria konzentrierte sich auf den Verkehr. Immer wieder blickte sie in den Rückspiegel, um sich zu vergewissern, dass ihnen niemand folgte. Und allmählich wich die Anspannung aus ihrem Körper.

„Schätzchen, es scheint so, als ob du für die beiden Männer eine von uns bist. Und wer weiß, wer dich sonst noch für eine Gerechte hält? Wie bist du da nur reingeraten? Aber, ich würde vorschlagen, alles der Reihe nach, oder?" Nuria warf Kim ein aufmunterndes Lächeln zu.

„Und damit du erstmal ein bisschen runterkommen kannst, fange ich mit dem Erzählen an. Dann machst du weiter, na ja, und dann so pingpong-mäßig. Was hältst du davon?" Ohne eine Antwort abzuwarten, redete Nuria weiter.

„Du kannst dich auch gern von meinem Schokoladenriegelvorrat bedienen. Ich habe immer eine Notfallration im Handschuhfach und weißt du was, ich nehme auch einen."

„Mmh, ich liebe Snickers", sagte Nuria. Sie biss von ihrem Schokoriegel ab, verzog genüsslich den Mund und redete weiter.

„Was wir machen, also was die Gerechten machen, weißt du ja wahrscheinlich mittlerweile ziemlich genau. Warum wir das machen, na ja, das ist eine lange Geschichte. Und ich denke, jeder von uns wird sie anders erzählen oder heute anders erzählen als noch vor fünfzehn Jahren und…", Nuria wendete kurz ihren Blick von der Straße und blickte Kim direkt in die Augen, „…der ein oder die andere von uns kann sie gar nicht mehr erzählen. Was es mit uns gemacht hat, ist wieder eine andere Geschichte, vielleicht auch etwas für einen langen Kaminabend, wenn…" Nurias Satz verlor sich für einen Moment in ihrem komplexen Gedankengebäude, „…wenn uns dafür noch ausreichend Zeit bleibt." Wieder geriet Nuria ins Stocken.

„Ach, Schätzchen", fuhr sie fort, „jetzt werde ich auf meine alten Tage noch sentimental oder rührselig. Ja, rühr-selig, das Wort gefällt mir besser." Dabei sprach sie rührselig so aus, dass zwischen der ersten und der zweiten Silbe eine kurze Pause entstand. Wieder warf Nuria einen kurzen Blick zu Kim und Kim konnte sehen, wie sich von einem Moment zum anderen feine, harte Linien in Nurias Gesicht abzeichneten, die Kim eine Ahnung vermittelten, welche Kräfte im Inneren dieser zierlichen Frau beheimatet waren.

„Na ja, wie auch immer, was uns jetzt wirklich kümmern sollte, ist, dass jemand hinter uns her ist. Wer das ist, und wie sie uns ausfindig gemacht haben, weiß ich noch nicht genau. Ich vermute, dass jemand schon über längere Zeit versucht, die Gerechten auffliegen zu lassen. Feinde haben wir uns in den letzten Jahren wahrlich genug gemacht. Und dieser Jemand oder diese Gruppe hat wohl herausgefunden, dass wir Kony in Freiburg ins Visier nehmen wollten. Vielleicht hat einer unserer Informanten was ausgeplaudert. Vielleicht haben sie Kony auch seit einiger Zeit beschattet. Dass wir es auf Kony abgesehen hatten, konnte man ja auf unserer Darknetseite sehen. Und als wir in Freiburg zugeschlagen haben, sind sie dir und Bruce bis zur Merets Praxis gefolgt, haben Meret getötet, Fotos von dir und Bruce ins Netz gestellt und eine Belohnung für denjenigen ausgelobt, der dich identifiziert und Informationen über dich hat. Da es keinen vergleichbaren Aufruf für Bruce gibt, gehen wir davon aus, dass sie Bruce oder alle Gerechten schon auf dem Zettel haben. Wir haben aber auch Glück gehabt, dass Maria nach ihrem Schuss auf Kony unerkannt verschwinden konnte und dass die, die uns auf der Spur sind, nichts von unserer Wohnung über Merets Praxis mitbekommen haben. Und dass…, dass Meret dichtgehalten hat. Ja, so sieht es gerade aus, Kim. Das ist alles ganz schön beschissen!"

Nuria schwieg. Ihr Blick war nach vorn auf die Straße gerichtet. Die Wohnhäuser hatten sich zurückgezogen und Einkaufszentren und Tankstellen Platz gemacht. Ein riesiges blaues Schild mit weißer Schrift tauchte auf, verwies auf eine vor ihnen liegende Autobahn und verschwand dann wieder. Das Schweigen dauerte an, wurde immer lauter, schien sagen zu wollen: „Kim, du bist dran, der Aufschlag liegt jetzt bei dir. Zeit für deine Geschichte." Kim leckte sich über die Lippen, sie hatte Durst, traute sich aber nicht, Nuria nach etwas zum Trinken zu fragen. Sie suchte nach dem ersten Satz, der ihre Geschichte ins Rollen bringen sollte. Immer dieser verfluchte erste Satz, dachte sie.

„Und dann seid ihr, du und Max, aufeinandergetroffen. Wie konnte das passieren, wie konnte das alles passieren?" Nuria ließ für einen Moment das Steuer los und beschrieb mit ihren Händen eine halbkreisförmige Bewegung Richtung Windschutzscheibe. Vielleicht war es die Frage selbst, vielleicht war es aber auch Nurias angedeutetes Lächeln, das ihre Frage begleitete. Kim fand auf einmal Worte, die ihre Erlebnisse der letzten Tage beschreiben konnten und begann zu erzählen. In der nächsten halben Stunde berichtete sie Nuria von ihrer ersten Begegnung mit Max und ihren Recherchen über die Gerechten im Darknet sowie davon, dass sie vor der Schwarzwaldklinik darauf gewartet hatte, dass die Gerechten zuschlagen würden und dass sie zu Bruce ins Auto gestiegen und mit ihm nach Frankfurt gefahren war. Nuria unterbrach Kim nicht ein einziges Mal. Sie schwieg auch noch, als Kim aufhörte zu reden. Mittlerweile waren sie auf der Autobahn und Nuria fuhr konstant auf der rechten Spur.

„Wohin fahren wir?", fragte Kim nach einer Weile. Das Schweigen wurde ihr unangenehm. Sie fragte sich, was in Nuria vorging, ob sie jetzt vielleicht doch ihre

Entscheidung bereute, Kim aus dem Auto ihrer Entführer befreit zu haben.

„Berlin. Wir sind auf dem Weg nach Berlin. Meine Wohnung dürfte noch sicher sein", sagte Nuria und fügte dann hinzu: „Vielleicht hört sich das komisch an, aber irgendwie bin ich froh, dass es so gekommen ist. Versteh mich nicht falsch, dass Max tot ist, tut mir weh, aber was er in diesem Hotel getan hat, was er tun wollte, war falsch. Wir befinden uns alle seit einiger Zeit auf einer abschüssigen Bahn und Max war uns allen nochmal voraus auf dem Weg nach…" Nuria zögerte kurz, „auf dem Weg nach unten. Menschen töten verändert einen. Auch wenn viele, die wir umgebracht haben, es verdienten, aber wo ist die Grenze? Wie viel wiegt die Schuld eines Menschen, der vielen anderen Leid angetan hat? Und wie viel wiegt die Schuld eines Menschen, der die Welt von diesem Menschen befreit? Wie viel Leid kann auf diesem Wege verhindert werden? Und wie viel wiegt die Schuld, wenn man einen unschuldigen Menschen tötet, nur damit das Töten von Menschen, die Schuld auf sich geladen haben, weitergehen kann? Dieses Abwägen geht jetzt schon so lange! Und trotzdem macht man weiter. Und da man über alle diese Fragen mit niemand anderem reden kann, als mit denen, die sich die gleichen Fragen stellen, fängt man irgendwann an, mit sich selbst zu reden. Erst nur im eigenen Kopf. Dann führt man Selbstgespräche, so wie jetzt. Nur, dass auf einmal jemand zuhört, den man erst seit kurzem kennt." Nuria lächelte schmerzhaft und schaute Kim für einen Moment in die Augen.

„Und jetzt?", fragte Kim, „Was passiert jetzt, ich meine mit den Gerechten, mit… mir?"

Nuria zuckte mit den Schultern. „Ich weiß es nicht. Wir haben Vorbereitungen getroffen, na klar! Aber solange ich nicht weiß, wer unser Gegner ist und was sie wissen und ob vielleicht einer unserer Informanten die Seite gewechselt hat, befürchte ich, müssen wir erstmal in Deckung bleiben. Das gilt auch für dich."

„Könnte ich denn vielleicht meine Mutter anrufen? Sie wird sich sicherlich Sorgen machen, wenn sie nichts von mir hört", fragte Kim.

„Verdammt", sagte Nuria, „wo habe ich nur meine Gedanken?" Von der Seite konnte Kim sehen, wie die feinen harten Linien um Nurias Mund wieder erschienen.

„Hast du etwa dein Handy noch angeschaltet?", fuhr Nuria fort. Wortlos holte Kim ihr Handy aus der Jackentasche und entfernte die SIM-Karte.

„Es tut mir leid Schätzchen, aber wie gesagt, solange wir nicht wissen, wer unser Gegner ist, müssen wir sehr, sehr vorsichtig sein. Und deine Mutter wird das wohl aushalten müssen, dass du dich eine Zeitlang nicht bei ihr meldest. Aber jetzt …", der harte Zug um Nurias Mund verblasste wieder und ein Lächeln zauberte sich in Nurias Gesicht, „… gönnen wir uns erstmal einen starken Kaffee. Es bringt nichts, wenn ich vor Müdigkeit in die Leitplanken rausche." Nuria setze den Blinker und nahm die Ausfahrt zur Raststätte „Stolpe Süd."

23

STUTTGART

Der Mann, der sich erst seit kurzer Zeit Vincent Nganga nannte, saß am Fenster und musste seinen ganzen Willen aufbringen, um die Wut kleinzuhalten, die in dunklen Wellen in seinem Inneren anbrandete. Er hatte eine Million Dollar für eine Gesichtsoperation in Deutschland gezahlt. Ihm waren eine sichere Hin- und Rückreise sowie ein vielversprechendes Sicherheitspaket während seines Aufenthalts in Freiburg versprochen worden. Und nun? An der Stelle, an der sich bis vor kurzem sein linkes Ohr befand, klaffte ein dumpf pochender, schmerzender Krater. Die Wunde war notdürftig von zwei Security-Leuten ohne jedes medizinische Grundverständnis noch in Freiburg versorgt worden. Dann war er von seinen „persönlichen Betreuern" Bernd Smauk und Andreas Skirle oder wie auch immer diese deutschen Hampelmänner hießen, ohne große Erklärungen in den Kofferraum eines kleinen weißen Autos gesteckt und in eine andere Stadt gebracht worden. Nach mehrmaligem Nachfragen hatte er erfahren, dass diese Stadt wohl Stuttgart hieß und auch im Süden von Deutschland lag. Sie waren mitten in der Nacht in Stuttgart angekommen und auch wenn seine Betreuer ihm mehrere Decken mit in den Kofferraum gegeben hatten, war ihm beim Aussteigen so kalt gewesen, dass er am ganzen Körper zitterte und Mühe hatte, einen klaren Gedanken zu fassen. Vielleicht war das auch der Grund gewesen, warum er es einfach geschehen ließ, dass der Größere der beiden Männer ihn am Arm packte, ihn ein paar hundert Meter weit bis zu einem großen fünfstöckigen Haus zerrte und dabei immer wieder mit seinem grauenhaften deutschen Akzent flüsterte: „Hurry up, hurry up, we must not be seen." Der kleine runde Mann hatte dann die Tür aufgeschlossen und sie waren so lang im Dunkeln die Treppen hochgelaufen, bis es nicht mehr weiterging und sie vor einer Tür standen. Wieder war es der kleine Mann, der die Tür aufschloss und ihm dann mit einer angedeuteten Verbeugung und einer schwungvollen Armbewegung bedeutete, einzutreten. Joseph Kony hasste Ironie, in welcher Form auch immer. Trotzdem hatte er auch diese peinliche Situation schweigsam über sich ergehen lassen. Anschließend hatte er die Einladung der beiden Männer ausgeschlagen, mit ihnen noch etwas zu essen, obwohl er bisher den ganzen Tag nur Wasser getrunken hatte. Irgendwann war er nur noch froh gewesen, in einem eigenen Zimmer unter einer warmen Decke in einem Bett zu liegen.

Seitdem waren ein Tag und eine Nacht vergangen. Ein Tag und eine Nacht, in denen er ruhelos auf einem kleinen Tablet Netflix-Serien angeschaut und das ungenießbare Essen, das grauenhafte Englisch seiner Begleiter sowie deren belanglosen Gespräche ertragen hatte. Immer, wenn er sie gefragt hatte, wie lange er noch in dieser Wohnung sein müsse, antworteten sie, dass sie es nicht genau wüssten, es sicherlich aber nicht mehr lange dauern würde. „It certainly won't be long now, we are waiting for more information, just be patient."

Mittlerweile war Konys Geduld aufgebraucht und er kochte vor Wut. Er war seit etwa einer Viertelstunde allein in der Wohnung. Dick und Doof hatten vor ein paar Minuten die Wohnung verlassen, um Lebensmittel einzukaufen. Seit kurzem war er dazu übergegangen, die beiden Männer innerlich nach dem Komiker-Duo zu benennen, das in den 30er und 40er Jahren des letzten Jahrhunderts in ihren Filmen von einem Slapstick-Desaster ins nächste stolperte und Jahrzehnte später auch in Uganda ausgestrahlt wurde.

Joseph Kony warf einen kurzen Blick aus dem Fenster. Draußen war es hell geworden. Unten auf der Straße hasteten vereinzelt Menschen mit eingezogenen Köpfen wärmeren Orten entgegen. Kony verließ sein Zimmer in der Hoffnung, in der Küche ein Bier oder etwas anderes Alkoholisches zu finden, um damit seine dumpfe Wut betäuben zu können. Die Wohnung bestand außer seinem Zimmer und der Küche noch aus zwei weiteren Zimmern. Dem Wohnzimmer und einem Zimmer, in dem sich Dick und Doof abwechselnd ausruhten, während der jeweils andere „Wache" hielt. „Wache halten" hieß in der Regel, mit voller Lautstärke Zombie-(Dick) oder Actionfilme zu schauen (Doof). Die Wohnung war ein einziges Durcheinander. Überall lagen Verpackungen von Schokoriegeln und anderen Süßigkeiten, gebrauchtes Geschirr, Papierfetzen, Kleidungsstücke und Zeitschriften herum. Kony fragte sich nicht zum ersten Mal, woher das Klischee kam, die Deutschen seien ordentlich. Nach einer Weile fand er in einem der Küchenschränke eine halbvolle Whiskeyflasche. Noch in der Küche nahm er einen großen Schluck direkt aus der Flasche. Dann schenkte er sich den Whiskey großzügig in ein Glas ein, das auf den ersten Blick sauber schien. Sollten sie sich ruhig darüber aufregen, dass er sich von ihrem Whiskeyvorrat bediente. Ihm war es egal! Dann ging er wieder zurück in sein Zimmer. Auf seinem Tablet klickte er auf den Radio Simba Link und kurz darauf lauschte er vertrauten ugandischen Musiktiteln in Luganda, der Sprache seiner Kindheit. Er schob den einzigen in diesem Zimmer vorhandenen Stuhl ans Fenster und während er der Musik zuhörte, die immer wieder durch schrille Werbespots unterbrochen wurde, schaute er den Schneeflocken zu, die die Straße unter ihm allmählich bedeckten und trank den Whiskey in kleinen Schlucken. Bald fielen ihm die Augen zu und er dämmerte in einen unruhigen Halbschlaf hinüber.

Kony wachte auf und fand sich schweißgebadet auf dem Stuhl am Fenster wieder. Dunkel erinnerte er sich an seinen Traum. Er hatte davon geträumt, als Berglöwe auf einem Baumast zu liegen. Überall auf dem Boden waren verstümmelte Leichen herumgelegen. Ein Junge hatte zu ihm hochgeschaut und ein Totenlied gesungen. Es war das erste Mal, dass einer der Wiedergänger direkt zu ihm gesprochen hatte, wenn auch in einem Traum und in Form einer gesungenen Totenklage.

24

FRANKFURT

Maria trank den letzten Schluck ihres schalen Bieres aus und warf einen Blick auf ihre Armbanduhr. Kurz nach sieben. Zwei weitere Personen, eine Frau und ein Mann, beide mit schlohweißen Haaren und wohl schon seit längerem im Rentenalter, saßen neben ihr am Tresen und unterhielten sich angeregt. Maria konnte sich nicht erinnern, wann die beiden sich neben sie gesetzt hatten und wann die anderen Gäste gegangen waren. Sie war die ganze Nacht im Bahnhofsviertel unterwegs gewesen. War von einer heruntergekommenen Bar zur nächsten gezogen, bis sie irgendwann zwischen vier und fünf Uhr morgens in dieser Kneipe gelandet war, zu jenem Zeitpunkt noch voller lärmender und betrunkener Menschen. Nach Marias Einschätzung waren die meisten davon wohl Prostituierte, Zuhälter und schwule Männer über fünfzig. Maria hatte einen freien Platz ganz am Ende des Tresens gefunden und ein Bier bestellt. Bis auf den Barkeeper, der sie alle halbe Stunde fragte, ob sie noch etwas trinken wolle, hatte sie niemand angesprochen. Deshalb war sie auch in dieser Kneipe sitzengeblieben. Sie wollte einfach nur ihr Bier trinken. An nichts Bestimmtes denken. Die Anspannung loswerden, die ihr seit Tagen die Luft zum Atmen nahm. Sie wusste, dass sie unvernünftig handelte. Mehr als einmal in dieser Nacht hatte sich eine innere Stimme gemeldet und sie dazu aufgefordert, in ihre Zufluchtswohnung zurückzukehren. Nach Bruce zu schauen, ins Bett zu gehen und ihre Kräfte zu schonen. Doch immer, wenn die Stimme zu laut wurde, bestellte sie ein weiteres Bier und beruhigte sich damit, dass dies ihr letztes Bier sei und sie danach ihre Kneipentour abbrechen würde. Aber erst jetzt, kurz bevor der Tag sein graues, milchiges Licht in die Straßen einsickern ließ und den Dreck und das Elend der Stadt wie ein depressiver Künstler zur Schau stellte, der keinerlei Interesse hatte, Käufer für seine alptraumdunklen Werke zu finden, war die Stimme so laut geworden, dass Maria darauf verzichtete, ein weiteres Bier zu bestellen. Sie wollte nur noch kurz hier sitzen bleiben. Noch einen Moment die Welt da draußen einfach Welt sein lassen und dann nach Hause gehen. Sie warf einen Blick zu dem Rentnerpaar und fragte sich gerade, ob sie jemals so alt werden würde, als das Telefon klingelte.

„Mensch Maria, wo bist du? Ich bin gerade aufgewacht und du warst nicht da. Ich dachte …" Bruce Stimme brach ab und Maria brauchte einen Moment, um aus ihrer biergetränkten Taubheit aufzutauchen und zu antworten.

„Bruce, es ist alles in Ordnung. Ich musste nur mal raus, ein paar Bier trinken. Den Kopf frei kriegen. Aber jetzt komme ich nach Hause, bin schon unterwegs.“

„Du musstest was? Ein paar Biere trinken und den Kopf frei kriegen? Bist du jetzt vollkommen übergeschnappt? Da draußen wird nach uns gesucht, alles geht den Bach runter und du ziehst durch die Kneipen und besäufst dich?“ Bruce Stimme drehte eine Oktave höher.

„Bruce, reg dich ab, es ist nichts weiter passiert und ich komme jetzt einfach nach Hause und…“

„Ich soll mich nicht aufregen? Max und Meret sind tot! Ich wäre fast draufgegangen! Und ich soll mich nicht aufregen? Ich finde, es ist mein gutes Recht, etwas aufgeregt zu sein, meinst du nicht?“

„Bruce, was hat das eine mit dem anderen zu tun? Uns bleibt doch gerade eh nichts anderes übrig, als zu warten. Und es ist doch verdammt nochmal scheißegal, wo ich warte, ob in der Wohnung oder in irgendeiner beschissenen Kneipe, verstehst du? Außer Warten können wir gerade eh nichts tun. Wir können nur warten, bis du wieder einigermaßen laufen kannst.“ Die letzten Worte hatte Maria so laut ins Telefon gerufen, dass der Barkeeper und das Rentnerpaar die Köpfe hoben und sie irritiert anschauten. Wütend unterbrach Maria das Gespräch und bestellte ein weiteres Bier. Bruce konnte sie mal.

2 5

B E R L I N

Kim wachte davon auf, dass Nuria ihre Hand auf Kims linke Schulter legte.

„Schätzchen", sagte Nuria, „Zeit aufzuwachen, wir sind gleich da."

Kim hatte Mühe, ihre Augen zu öffnen. Wie tonnenschwere Metallplatten lasteten die Augenlider auf ihrem Gesicht. Der kurze, etwa einstündige Schlaf, in den sie gefallen war, hatte keine Erholung gebracht.

„Wo sind wir?", fragte Kim.

„In Berlin, genauer gesagt in Charlottenburg. Und um ganz genau zu sein, auf dem Kaiserdamm und gleich bei mir zu Hause. Es dauert nicht mehr lange und dann kannst du dich richtig ausschlafen." Nuria schenkte Kim ein kurzes Lächeln und tätschelte noch einmal ihre Schulter. Kurz darauf bog Nuria in eine schmale Einbahnstraße ein. Auf beiden Straßenseiten ragten riesige Bäume mit dürren Ästen in den noch dunklen Winterhimmel.

„Warst du schon einmal in Berlin?", fragte Nuria.

Kim schüttelte den Kopf. „Naja, doch, aber ich weiß nicht, ob das zählt. Als Kind war ich einmal mit meinen Eltern in Berlin. Da war ich vielleicht fünf oder sechs Jahre alt, da war mein Vater noch nicht im Gefängnis. Ich kann mich aber nicht mehr wirklich daran erinnern.“

„Naja, hier ist nicht gerade das wilde Berlin. Früher war in der Gegend einiges mehr los. In den 80ern gab es nicht weit von hier sogar eine Reihe besetzter Häuser. Aber jetzt ist das hier gutes altes West-Berlin. Ziemlich bürgerlich. Ich denke, in dieser Gegend vermutet erstmal niemand eine linke Attentätergruppe. Auch das Auto hier, alles Tarnung.“ Nuria klopfte auf das Armaturenbrett und zwinkerte Kim zu. Nuria bremste. „Alles läuft scheiße, aber immerhin ein Parkplatz fast vor dem Haus.“ Kurz darauf hatte sie eingeparkt. „Und nun, Schätzchen, raus hier.“

Ein paar Minuten später standen sie in Nurias Wohnung. Kim hätte nicht sagen können, wie sie sich die Wohnung vorgestellt hatte. Die Kargheit oder vielmehr das Minimalistische der Wohnung, die wenigen Dinge und Gegenstände, die sie beherbergte, überraschte sie dann aber doch. In einem Zimmer stand außer einem Bürostuhl und einem gläsernen Schreibtisch, auf dem ein Computer und zwei Laptops platziert waren, nur noch ein orangenes Sideboard. An der Wand gegenüber der Tür hing ein Poster von Che Guevara, auf dem ein Schriftzug „Compañeros, tengo un poster de todos ustedes en casa.“ verkündete. Ansonsten verrieten die weißen Wände des Zimmers nichts über seine Bewohnerin. In dem anderen Zimmer gab es ein großes

Bett, ein beiges Beistelltischchen, einen weißen Schrank mit Spiegeltüren und ein kleines Wandregal mit ein paar Büchern. Die Küche war winzig und aufgeräumt. Ein einziger Stuhl, der unter den Küchentisch geschoben war, deutete darauf hin, dass Nuria eher selten Besuch empfing.

„Du kannst hier schlafen." Nuria stand im Schlafzimmer, zeigte zum Bett und holte sich dann eine Isomatte und einen Schlafsack aus dem Schrank. „So, eine Mütze voll Schlaf wird uns guttun. Falls du vor mir aufwachst, in der Küche gibt es Kaffee. Toast müsste auch noch da sein. Ach so, hier in dem Schrank findest du Klamotten und Unterwäsche. Wird schon was Passendes dabei sein." Nuria warf Kim einen aufmunternden Blick zu, ging ins Arbeitszimmer und schloss die Tür. Als sie zwei Minuten später in T-Shirt und Unterhose aus dem Zimmer kam, um aufs Klo zu gehen, stand Kim immer noch im Flur, unschlüssig, ob sie ins Bett gehen oder sich in der Küche noch einem Toast machen sollte.

„Ab ins Bettchen! Du kannst nicht mal mehr geradeaus gucken." Nurias Stimme klang in diesem Moment so sehr nach Kims Mutter, dass Kim ohne Umweg über die Küche ins Schlafzimmer ging. Dort ließ sie sich ins Bett fallen und war nur wenige Augenblicke später eingeschlafen. Das leichte „Pling" aus dem Arbeitszimmer, das den Eingang einer neuen Mail ankündigte, nahmen weder Kim noch Nuria wahr.

2 6

O S L O

Z W E I   M O N A T E   Z U V O R

Die Lufthansamaschine landete pünktlich um 8:20 Uhr morgens auf dem Flughafen Gardermoen. Max hatte nur seinen kleinen dunkelgrünen Business Rucksack dabei. Direkt nach dem Ausstieg aus dem Flugzeug lief er zur Bushaltestelle. Er hatte Glück, der weiß-blaue Bus, der ihn ins Zentrum von Oslo bringen würde, kam in dem Moment, als Max den Busbahnsteig erreichte. Fünfzig Minuten später fuhr der Bus in den Osloer Busterminal ein und Max steckte das Vokabelheft, mit dem er sich die Busfahrt über beschäftigt hatte, zurück in den Rucksack. Max liebte diese Stadt, seit er vor sechs Jahren das erste Mal hier gewesen war. Er besuchte Oslo, so oft es ihm möglich war. Seit einiger Zeit hatte er einen Grund mehr, nach Oslo zu reisen und wenn alles so lief, wie er es sich vorstellte, würde er in absehbarer Zeit hierherziehen. Auf den Straßen lag Schnee, vom Fjord wehte ein kalter Wind durch die Häuserzeilen und die Sonne schien. Da ihm noch etwas mehr als drei Stunden bis zu seinem Treffen blieben, machte sich Max zu Fuß auf den Weg zum Rathausplatz. Er lief die Nylandsveien hinunter, bog vor der Oper in die Operagata und kurz danach links in die Langkaja. Dort blieb er einen Moment stehen und warf einen Blick auf die Oper. Wie eine weiße königliche Krabbe mit hochgestellten Augen auf dem Weg ins Wasser, die Scheren schon ins Meer getaucht, lag sie am Fjordufer. Ein paar Minuten später erreichte er den Rathausplatz. Eine hellblaue Straßenbahn, auf dem Weg nach Aker Brygge, rumpelte an Max vorbei. Zu seiner linken Seite schaukelte der Oslofjord ein paar Segelboote sanft in einen frühen Schlaf. Doch Max interessierte sich vor allem für das Rathaus. Ein massiger, funktionaler Backsteinbau, der mit seinen beiden kantigen Türmen eine abweisende Kühle ausstrahlte. Wie jedes Mal, wenn Max in Oslo war und Zeit hatte, ging er ins Rathaus, um sich in der Haupthalle die Wandgemälde anzuschauen. Jedes Mal entdeckte er dort ein neues Detail. Max trat durch die mittlere der drei Eingangstüren und nach ein paar Metern stand er in der riesigen Haupthalle, an deren vier Wänden Bilder und Szenen der norwegischen Geschichte aufgemalt waren. Max setzte sich auf die Marmorbank, die an der Westseite unterhalb eines Gemäldes stand, beobachtete die Menschen, die teils geschäftig, teils touristisch-müßig die Haupthalle durchquerten und genoss die Wärme, die langsam in seinen Körper einsickerte. Nach einer Weile stand er auf, stellte sich ins Zentrum der Halle und vertiefte sich in das Ölgemälde, das an der Südseite des Rathauses die gesamte Wand oberhalb der Empore einnahm. Das Gemälde des norwegischen Malers Henrik Sørensen trug, wie Max mittlerweile wusste, den Titel „Arbeid, Administrasjon, Fest" und zeigte unter anderem eine entrückte Harfenspielerin, die einige Menschen neben und unter sich zum Tanzen animierte.

Nach einer Weile bekam Max Hunger und er beendete seine Bildbetrachtung. Er hatte heute noch nichts gefrühstückt. Bis zu seiner ersten Verabredung wollte er zumindest eine Kleinigkeit essen. Er verließ das Rathaus und schlug den Weg zum gegenüberliegenden Fährhafen ein. Kurz hinter dem Nobel-Friedenszentrum, wo die Dokkveien die Form einer Lassoschlaufe bildete, gab es in einem quadratischen Glasbau eine Espressobar. Diese servierte nicht nur ausgezeichneten Filterkaffee, sondern auch buttrig-warme Zimtschnecken. Max betrat das Café. Sofort empfing ihn eine angenehme Wärme und der Duft nach gerösteten Kaffeebohnen.

Max trank seinen zweiten Kaffee und schaute durch die riesige Glasfront des Cafés hinaus auf den Hafen. Gerade legte eine Fähre an und entließ eine Handvoll Menschen in die geschäftige Stadt. Kurz darauf nahm sie andere Menschen in sich auf, die sie später auf einer der beschaulichen bewohnten Inseln, Lindøya, Hovedøya oder Bleikøya aussetzen würde. Max Gedanken wanderten ein Jahr zurück. Er erinnerte sich, wie er damals nach Tjuvholmen gelaufen war, einem ganz in der Nähe gelegenen kleinen Wohn- und Büroviertel, das erst vor ein paar Jahren auf einer Landzunge nach Vorlage mehrerer bekannter Architekten gebaut worden war. Neben modernen, lichtdurchfluteten Penthouse-Wohnungen beherbergte das Viertel auch eine Reihe von Restaurants, Galerien und das Museum für zeitgenössische Kunst. Sogar einen kleinen Badestrand gab es. Wer sich hier eine Wohnung leisten konnte, war wahrscheinlich noch nie in der Situation gewesen, sich finanziell Sorgen machen zu müssen. Ein Fünfhunderttausend-Euro-Auftrag hatte ihn nach Oslo geführt, finanziert von einem in ganz Norwegen bekannten Traditionsunternehmer. Dessen jüngste Tochter war ums Leben gekommen, weil ein mexikanischer Diplomat in betrunkenem Zustand gerade zu dem Zeitpunkt die Tür seines Wagens aufgerissen hatte, als die Tochter mit ihrem Fahrrad vorbeifuhr. Die Tochter starb noch am Unfallort. Der Diplomat wurde jedoch nie strafrechtlich belangt, da er politische Immunität genoss. Zwischenzeitlich war der Diplomat von seiner Regierung aus Norwegen abgezogen, ein halbes Jahr nach dem Vorfall allerdings wieder nach Oslo geschickt worden und hatte seinen diplomatischen Dienst wieder aufgenommen. Seitdem konnte der Unternehmer, so hatte er es den Gerechten erzählt, keine Nacht mehr als drei, vier Stunden schlafen und litt „wie ein Hund."

Als Max dann vor ca. einem Jahr nach Oslo gekommen war, hatte er eine Woche gebraucht, um in Erfahrung zu bringen, dass der Diplomat neben seiner Botschaftswohnung noch eine Wohnung in Tjuvholmen hatte, in der er regelmäßig Besuch von jüngeren Liebhabern empfing. Für Max war es ein Leichtes gewesen, sich Zugang zu der Wohnung zu verschaffen und darauf zu warten, dass Juan Morales - so hieß der Diplomat – vorbeikam. Max hatte zwei Tage in der Wohnung gewartet. Die meiste Zeit hatte er nur aus dem Fenster gesehen und den unglaublichen Blick auf den Oslofjord und das Wolken- und Farbenspiel des Himmels genossen. Dann war Juan Morales dort aufgetaucht. Max konnte im Nachhinein nicht sagen, was es gewesen war, dass ihn daran gehindert hatte, Morales sofort zu erschießen, als er die Wohnung betrat. Vielleicht hatte es an dem großgewachsenen, jungen blonden Norweger gelegen, der direkt hinter Morales aufgeragte und über einen Witz zu lachen schien, den Morales ihm gerade erzählte. Vielleicht hatte es aber auch an Morales selber gelegen, der, als er Max erblickte, sofort und ohne zu zögern auf ihn zukam, ihn wie einen guten Freund umarmte und ihm dabei zuflüsterte, dass der Mann, mit dem er gekommen war, keinerlei Schuld auf sich geladen und den Tod nicht verdient hätte. Aus welchem Grund auch immer, Max hatte es zugelassen, dass der mexikanische Diplomat den Norweger mit der Entschuldigung nachhause geschickt hatte, dass ein alter Freund ganz überraschend und früher als gedacht vorbeigekommen sei. Dann hatte der Botschafter ihm einen Whiskey angeboten, sich ihm gegenübersetzt und ihm ein Angebot unterbreitet.

Wie sich herausstellte, war Morales nicht nur als Diplomat, sondern auch für die mexikanische Narco-Mafia tätig gewesen. Er hatte regelmäßig Kokain nach

Norwegen geschmuggelt, Kontakte hergestellt und Treffen arrangiert. Aus irgendeinem Grund, den Max nie erfahren hatte, war Morales bei der Mafia in Ungnade gefallen. Deshalb war er davon ausgegangen, Max sei von der Mafia angeheuert worden, um ihn umzubringen. Morales hatte zum Zeitpunkt des Aufeinandertreffens mit Max also allen Grund, von der Bildfläche zu verschwinden. Der Deal, den Morales Max vor einem Jahr vorgeschlagen hatte, sah vor, dass Max ihn am Leben lassen, seinen Tod bzw. Mord vortäuschen und dafür 3,5 Millionen Dollar bekommen sollte. Zwei Stunden und drei Gläser Whiskey später hatten die beiden sich geeinigt und auch schon einige Details besprochen. Da ein Geldtransfer von mehreren Millionen Dollar von Norwegen nach Deutschland nicht so ohne Weiteres möglich war, hatten sie sich überlegt, dass Morales nach seinem „Tod" für Max eine Villa im Osloer Nobelviertel Holmenkollen erwerben sollte. Max würde dann unter einem anderen Namen nach Oslo ziehen und ein neues Leben beginnen. Der erste Teil des Plans war aufgegangen. Sie hatten es so aussehen lassen, dass Morales mit seinem Segelboot aufs offene Meer gefahren und dort in die Luft gesprengt worden war. Nach dem „Bombenanschlag" hatte die Osloer Polizei Nachforschungen über Morales angestellt und seine Nähe zur mexikanischen Mafia herausgefunden. Sie war deshalb davon ausgegangen, dass Morales von einem der mexikanischen Mafiaclans ermordet worden war. Einige Monate später war Morales dann als Rodriguez Lopez wieder in Oslo aufgetaucht und hatte sich als costa-ricanischer Staatsbürger und Vertreter einer internationalen Immobilienfirma ausgegeben. Und schon bald hatte er für seinen Kunden und zukünftigen Geschäftspartner Michael Bergmann ein Anwesen in der Nähe der Skisprungschanze Holmenkollbakken gekauft.

Max wusste damals schon, dass er mit diesem Deal eine weitere moralische Grenze überschritt und sich noch weiter von den Gerechten entfernte, als er es in den letzten Jahren bereits schon getan hatte.

Zwei junge Norwegerinnen, die sich gerade an einem Tisch neben Max niederließen und sich lautstark über ihren bevorstehenden Winterurlaub unterhielten, rissen Max aus seinen Erinnerungen und brachten ihn in das nach Kaffee und Zimtschnecken duftende Café zurück. Er schaute auf seine Uhr. Ihm blieben noch ein paar Minuten, bis er zu seinem ersten Treffen aufbrechen musste. In einer Stunde war er mit Rodriguez an der Sprungschanze verabredet, um von dort zu der Villa zu laufen und den Kaufvertrag zu unterschreiben. Heute Nachmittag träfe er dann noch eine Person, um einen weiteren Verrat zu begehen. Einen Verrat, der ihm so viel Geld einbringen würde, dass er die nächsten Jahre völlig unbeschwert und in Sicherheit in Oslo leben könnte. Heute Nachmittag würde Max sich gut dafür bezahlen lassen, dass er die Gerechten verriet.

BERLIN

Nuria erwachte schweißgebadet und versuchte sich an ihren Traum zu erinnern. In ihrem Traum hatte eine schwarze Katze eine Rolle gespielt, die in einen Spiegel schaute. Im Spiegel hatte die Katze dann zwei Männer gesehen, von denen einer ein blutiges Steak gegessen und Rotwein getrunken hatte. Der andere Mann hatte ihm dabei zugesehen. Nuria erinnerte sich außerdem noch daran, dass die beiden Männer dann plötzlich die Katze angeschaut und dabei Blut geweint hatten.

Aus der Küche drang leise das altersschwache Ausatmen der Kaffeemaschine ins Arbeitszimmer und Nuria konnte den frischen Kaffee riechen. Sie schälte sich aus ihrem Schlafsack, zog sich rasch an und ging in die Küche. Kim stand am Fenster und hielt eine dampfende Tasse in beiden Händen.

„Einen schönen guten Morgen, Kim, wie hast du geschlafen?", fragte Nuria.

Kim wandte sich Nuria zu.

„Kurz, aber gut. Wirklich ganz gut. Es ist auch noch frischer Kaffee da", Kim nickte in Richtung der Kaffeemaschine. „Ich hoffe, ich habe dich nicht geweckt", fügte sie noch hinzu.

„Ach was, Schätzchen", sagte Nuria, „ich habe genug geschlafen. Und außerdem, ich hatte einen blöden Traum und bin froh, wach zu sein. Dank dir muss ich jetzt nicht erst ewig darauf warten, dass die alte Dame dort mir meinen Kaffee zubereitet." Nuria holte sich eine Tasse aus der Spüle und ging zur Kaffeemaschine. Während sie sich Kaffee einschenkte und den heißen, schwarzen Kaffee in kleinen Schlückchen trank, erzählte sie Kim von ihrem Traum.

„Puh, dein Traum hört sich aber gruselig an", sagte Kim. „Irgendeine Idee, was er bedeuten könnte?"

„Nee, wirklich keine Ahnung, irgend so ein blöder Traum halt", sagte Nuria. „Aber sag mal, was Anderes. Ich war gestern zu müde, um nachzufragen. Du meintest, dein Vater wäre im Gefängnis gewesen? Weshalb, was hat er getan?"

Da Kim nicht antwortete und stattdessen in ihre Kaffeetasse pustete, fügte Nuria hinzu: „Entschuldige, Berufskrankheit, du musst die Frage nicht beantworten."

„Es ist nur", setzte Kim an, „ich habe so lange nicht mehr über meinen Vater geredet. Ich weiß gar nicht, wo ich anfangen soll."

„Du musst wirklich nicht…", Nuria zuckte etwas hilflos mit den Schultern.

„Meine Mutter hat meinen Vater in Mexiko kennengelernt." Kim schaute mit einem abwesenden

Gesichtsausdruck aus dem Fenster, während sie sprach. „Kurz nachdem meine Halbschwester von zuhause abgehauen ist, hat meine Mutter von Nicoles bester Freundin gehört – Nicole, so heißt meine Halbschwester –, dass Nicole nach Playa del Carmen in Mexiko reisen wollte, um ein bisschen Karibikluft zu schnuppern. Meine Mutter setzte sich daraufhin in den Flieger nach Playa del Carmen, um dort nach Nicole zu suchen. Dort hat sie zwei Wochen nach Nicole gesucht, mit ihrem Schulenglisch zig Leute gefragt, aber nicht einen Hinweis auf Nicole erhalten. Wer weiß, ob sie jemals dort gewesen ist. In irgendeiner Bar hat sie dann meinen Vater kennengelernt. Na ja, sie haben sich relativ schnell ineinander verliebt und er ist mit nach Deutschland gekommen, hat aber regelmäßig seine Eltern und Geschwister in Mexiko besucht. Als er einmal aus Mexiko zurückgekommen ist, ich war damals sieben Jahre alt, haben ihn die deutschen Zollbeamten kontrolliert und eine größere Menge Heroin in den Zwischenräumen seines Koffers entdeckt. Er hat geschworen, dass er nichts davon gewusst habe, dass viele Leute Zugang zu seinem Koffer hatten und irgendjemand ihn, ohne sein Wissen, als Drogenmuli benutzt habe. Aber außer meiner Mutter hat niemand so richtig an seine Unschuld geglaubt und er wurde zu acht Jahren Gefängnis verurteilt. Zwei Jahre vor Ende seiner Strafe hat er sich umgebracht. Dass es Selbstmord gewesen sei, meinte zumindest die Polizei. Meine Mutter ist jedoch bis heute der Meinung, dass er im Gefängnis umgebracht wurde, weil er sich mit gefährlichen Leuten angelegt hat. Sie ist außerdem noch fest davon überzeugt, dass die Polizei damals kein Interesse daran hatte, den Tod eines vermeintlichen mexikanischen Drogendealers zu untersuchen. Auch jetzt noch, nach so vielen Jahren, glaubt sie immer noch, dass das deutsche Justizwesen meinem Vater zweimal Unrecht getan hat. Einmal, als er schuldlos schuldig gesprochen wurde. Und das andere Mal, als er als Selbstmörder abgestempelt wurde und er dadurch nach seinem Tod bei seiner katholischen Verwandtschaft in Ungnade gefallen ist." Kim nahm einen Schluck von ihrem Kaffee und schaute zu Nuria. „Na ja, jetzt weißt du Bescheid."

„Das tut mir leid." Nuria machte einen Schritt auf Kim zu, blieb dann aber wieder stehen. Eine halbe Minute verstrich, in der keine von beiden sprach, bis Nuria sagte:

„Ich checke mal kurz meine Mails und dann überlegen wir, wie wir die nächsten Tage verbringen. Genieß so lange die Aussicht aus dem Fenster und danke noch mal für den Kaffee." Nuria prostete Kim aufmunternd mit ihrer Tasse zu und verschwand im Arbeitszimmer.

Nuria gab ihr Passwort in den Laptop ein und der Bildschirm leuchtete auf. Ihr Emailprogramm zeigte 48 ungelesene Mails an. Es war die fünftletzte Mail, die Nuria kurz in einen Schockzustand versetzte. Die Mail trug den Absendernamen max.trautner@mailbox.org und im Betreff war das Wort „Cypher" angegeben. Nuria nahm einen Schluck Kaffee und überlegte, die Mail zu löschen, ohne sie zu lesen. Aus irgendeinem Grund musste die Mail von Max im weltweiten Datenmeer kurz verlorengegangen sein und wurde jetzt, mehrere Tage nach seinem Tod, in Nurias Mailaccount angespült.

„Kim, Schätzchen", Nuria drehte ihren Kopf in Richtung Arbeitszimmertür.

„Was kann ich für dich tun?", Kim lehnte am Türrahmen und lächelte Nuria an.

„Du bist dir sicher, dass Max tot ist, oder?", fragte Nuria.

„Wie kommst du denn jetzt darauf?" Kim schaute Nuria verständnislos an.

„Ich habe eine neue Mail von Max in meinem Postfach."

„Mmh, und was steht in der Mail?", fragte Kim.

„Ich habe sie noch nicht gelesen." Nuria zuckte hilflos mit den Schultern. „Ich trau mich nicht so richtig. Das ist, wie…" Nuria suchte nach den richtigen Wörtern, die ihren aktuellen Gefühlszustand beschreiben konnten. „Es ist, wie einem Geist zu begegnen, der mir aus dem Totenreich die Hand reicht und mich zu sich in die Tiefe ziehen möchte."

„Wenn du willst", sagte Kim, „kannst du in die Küche gehen und einen frischen Kaffee aufsetzen und ich lese in der Zwischenzeit die Mail. Wenn ich den Eindruck habe, in der Mail steht nichts Wichtiges drin, lösche ich sie und du vergisst, dass es die Mail gegeben hat. Was meinst du?"

„Das klingt gut, ich brauche eh noch mehr Koffein." Nuria lächelte, stand auf und ging in die Küche.

Die Kaffeemaschine hatte gerade begonnen, heißes Wasser in den Filter laufen zu lassen, als Kim wieder in die Küche kam.

„Nuria, ich befürchte, du musst die Mail doch lesen. Das klingt nicht gut, gar nicht gut.“

Nuria folgte Kim zurück ins Arbeitszimmer und während Nuria Max Mail zum ersten Mal las, stand Kim hinter ihr und versuchte sich vorzustellen, was die Mail von Max für sie und für alle Gerechten, die noch am Leben waren, bedeutete.

Liebe Nuria, wenn du diese Mail liest, werden Maria und Bruce aller Voraussicht nach tot sein. Und ob Kony stattdessen noch leben wird, dazu haben sie sich nicht geäußert. Es spielt für mich auch keine Rolle mehr. Hat es überhaupt jemals eine Rolle gespielt, dass wir Mörder, Verbrecher und Vergewaltiger umgebracht haben?

Im Verlauf der letzten Jahre ist mir klar geworden, dass die Welt durch uns nicht zu einer besseren geworden ist. Mörder sind austauschbar. Verschwindet einer, ersetzt ihn ein anderer. Schlägt man der Hydra einen Kopf ab, wachsen zwei neue nach. Das Töten von Ungeheuern gebiert neue Ungeheuer. Ich bin das beste Beispiel dafür.

Doch ich schweife ab und die Zeit läuft davon. Für dich meine ich. Ich habe die Gerechten verraten. Warum? Die einfache Antwort ist, weil sie mich gut dafür bezahlt haben. Wer sie sind? Sie sind wie wir, sie lassen sich von jemandem gut dafür bezahlen zu töten. In diesem Fall uns zu töten. Irgendjemand, dem wir in den letzten Jahren auf die Füße getreten sind, wollte das wohl nicht auf sich sitzen lassen und hat ein Preisgeld für unseren Tod ausgelobt. Ich habe Geld für die Information bekommen, dass die Gerechten in Freiburg Kony auflauern wollen. Der Deal sieht zudem vor, dass sie mir, nachdem sie Maria und Bruce getötet haben, noch einmal eine schöne Summe Geld übergeben.

Und dann, wenn auch das über die Bühne gegangen ist, liefere ich ihnen den Rest: Eine Mail, in der die gesamte Infrastruktur der Gerechten aufgelistet ist, Passwörter für die Darknetseite, Adressen von Wohnungen, weitere Namen. Auch das lasse ich mir gut bezahlen. Diese Mail an sie ist schon geschrieben, hängt im Postausgang und wird mit einer Zeitverzögerung von 48 Stunden automatisch abgeschickt. Eine andere Mail schiebe ich auch gleich in den Postausgang. Es ist die Mail, die du gerade liest. Sie wird meinen Postausgang in 36 Stunden verlassen. Dir bleiben also 12 Sunden, wahrscheinlich ein bisschen länger, um alles hinter dir zu lassen und neu anzufangen.

Ich weiß ja, du hast vorgesorgt. Und nein, Meret habe ich nicht gewarnt, das überlasse ich dir. Wie du weißt, haben Meret und ich uns in letzter Zeit etwas voneinander entfernt. Warum ich dir eine Chance gebe? Warum vielleicht Meret? Vielleicht traue ich mir und meinem Gewissen nicht ganz über den Weg. Vielleicht habe ich Angst davor, irgendwann in den nächsten Wochen oder Monaten nachts wach zu liegen und Reue und Schuld zu empfinden. Wer weiß schon, was die Zukunft bringt. Und so kann ich mich damit beruhigen, zumindest euch gewarnt zu haben.

Ach so, eins noch. Lass es, mach dich nicht auf die Suche nach mir. Ich habe gut vorgesorgt und vielleicht überlebst du ja und dann wäre es schade für dich, dein Glück noch einmal aufs Spiel zu setzen. Max.

Nuria las die Mail insgesamt dreimal. Als sie die Mail das dritte Mal las, breitete sich in ihr eine kalte Wut aus. Sie sah auf die Uhr, berechnete, wie viele Stunden sie verloren hatte, weil sie vor dem Einschlafen nicht mehr in ihr Mailpostfach geschaut hatte. Kim und ihr blieben wohl noch etwas mehr als vier Stunden.

„Schätzchen, in dem Schrank im Schlafzimmer findest du einen Rucksack. Pack ein paar von meinen Sachen ein, wir müssen von hier verschwinden und zwar schnell", sagte Nuria zu Kim, während sie gleichzeitig überlegte, wo sie ihr Handy abgelegt hatte. Nicht nur sie beide waren in Gefahr, auch Maria und Bruce. „Gütiger Himmel", dachte Nuria, während sie aufstand, um ihr Handy zu suchen, „wie soll Maria nur Bruce aus der Wohnung schaffen?"

Kim holte ein paar Kleidungsstücke aus Nurias Schrank, steckte sie in den Rucksack und ging in die Küche. Dort wartete sie darauf, dass Nuria ihr sagen würde, was sie als nächstes tun sollte. Nach ein paar Minuten kam Nuria in die Küche, in der einen Hand einen Koffer, in der anderen einen weißen Umschlag.

„Liebes, du musst jetzt gut zuhören. Ich erreiche Bruce und Maria nicht. Das Handy von Bruce ist ausgeschaltet und Maria geht nicht an ihr Telefon, weiß der Teufel, warum nicht. Wie auch immer. Der Plan sieht folgendermaßen aus. Wir müssen uns jetzt erstmal trennen." Nuria machte eine kurze Pause, um zu sehen, wie Kim diese Information aufnahm. Doch Kim saß nur da und wartete darauf, dass Nuria weiterredete.

„In diesem Umschlag sind 10.000 Euro, eine Adresse und ein Schlüssel." Nuria legte den weißen Umschlag auf den Küchentisch. „Den nimmst du jetzt, gehst zum Hauptbahnhof und kaufst dir eine Fahrkarte nach Stuttgart. Ich habe da eine kleine Wohnung gekauft. Niemand weiß davon." Nuria lächelte. „Ich schätze, die anderen haben auch ihre kleinen Geheimnisse. Würde mich zumindest wundern, wenn nicht. Ich fahre jetzt nach Potsdam. Auch da haben wir eine Wohnung, aber die kennt… kannte auch Max." Nuria lächelte wehmütig.

„Ich räume da auf, rette, was zu retten ist, fahre dann nach Frankfurt und versuche da irgendwie Bruce und Maria aufzusammeln. Ich hoffe, ich erreiche sie heute irgendwann nochmal. Danach kommen wir auch nach Stuttgart."

„Und was mache ich, wenn ihr nicht kommt, wenn ihr das nicht überlebt?", fragte Kim.

„Schätzchen, in der deutschen Sprache gibt es ein schönes Sprichwort, das besagt, dass man sich über ungelegte Eier nicht den Kopf zerbrechen soll. So, und jetzt, ab die Post!" Nuria schien ein Faible für deutsche Redewendungen zu haben.

Nuria erklärte Kim, wie sie am schnellsten zum Hauptbahnhof kam. Dann verließen beide die Wohnung.

Zweieinhalb Stunden später stieg Kim in den ICE nach Stuttgart und setzte sich in das Restaurantabteil. Der Umschlag mit dem Geld und dem Wohnungsschlüssel wog schwer in ihrer linken Jackeninnentasche. Kurz darauf fuhr der Zug aus dem Berliner Hauptbahnhof.

2 8

FRANKFURT

Bruce schaute auf die Uhr. Es war zehn Minuten nach zehn. Seit Maria nach Hause gekommen war, waren mehr als zwei Stunden vergangen.

„Die Zeit vergeht ganz schön… zähflüssig", dachte Bruce. „Aber kann Zeit überhaupt zähflüssig vergehen? Hört sich doch blöd an, oder?" Bruce lag im Bett, langweilte sich und versuchte in Gedanken Tagebuch zu schreiben. Dabei suchte er nach den richtigen Wörtern.

„Maria, wie würdest du Zeit beschreiben, die sehr langsam vergeht, literarisch beschreiben, meine ich?" Bruce hob den Kopf und schaute zu Maria hinüber, die immer noch etwas angetrunken auf dem Sofa saß und las. Maria schaute von ihrem Buch auf und blickte verständnislos zu Bruce.

„Du liest doch viel. Und ich habe mir gerade überlegt, wie man es schön ausdrücken kann, wenn man das Gefühl hat, die Zeit vergeht sehr langsam, so … zähflüssig halt. Wie man das halt schön literarisch ausdrücken kann." Bruce machte eine kurze Pause.

„Hey, ich liege in meinem Bett und habe einfach viel Zeit nachzudenken", fügte Bruce noch hinzu.

„Zeit ist, was die Uhr anzeigt." Maria wandte sich wieder ihrem Buch zu. „Hat übrigens Einstein gesagt." Die Stimmung war immer noch einigermaßen mies.

Ein paar Minuten vergingen, ohne dass einer von beiden sprach.

„Letztendlich ist es seltsam. Für dich müsste die Zeit relativ schnell vergehen. Du liegst nur im Bett und bewegst dich nicht. Für ruhende Körper vergeht die Zeit schneller als für bewegte Körper. Das hat auch Einstein gesagt, oder so ähnlich zumindest. Relativitätstheorie, weißt du?" Maria grinste. Das Eis war gebrochen. Maria widmete sich wieder ihrem Buch und Bruce schlief ein. Als er nach einer Weile wieder aufwachte, war Maria verschwunden. Auf dem kleinen Beistelltischchen fand Bruce einen Zettel. „Bin kurz einkaufen gegangen. Hole uns was Leckeres zum Frühstück."

Maria trat aus dem italienischen Feinkostladen und machte sich auf den Rückweg. Von einem Tag auf den anderen war es wärmer geworden. Sie genoss die milde Winterluft und die Sonne, die es mittlerweile über die Häuserdächer geschafft hatte und die Stadt in ein freundliches Licht tauchte. Kurz vor der Wohnung blieb sie stehen und drehte ihr Gesicht zur Sonne. Nur kurz, dachte sie, stellte die Einkaufstasche vor sich auf den Boden und schloss für einen Moment die Augen.

Ihr Telefon klingelte. Widerwillig zog Maria das Handy aus der Hosentasche. Doch noch bevor sie den

Anruf entgegennahm, bemerkte sie, dass die Tasche mit den Einkäufen nicht mehr vor ihr stand. Das konnte jetzt doch nicht wahr sein. Sie schaute sich um, konnte aber niemanden sehen, der ihre Tasche mitgenommen hatte. Sie überlegte. Weit konnte die Person mit ihrer Tasche nicht gekommen sein. Wahrscheinlich ein verpeilter Junkie. Links oder rechts? Maria entschied sich für links und rannte los. Während des Rennens steckte sie das Handy wieder in ihre Jackentasche. Das Klingeln erstarb.

Maria rannte. An Menschen vorbei. Manche schlenderten die Straße entlang, andere standen vor Schaufenstern, unterhielten sich, schwiegen. Waren allein unterwegs, zu zweit oder in Gruppen. Ein Mann und eine Frau küssten sich vor einem Schnellimbiss. Ein Bettler hatte seinen Hut mitten auf den Gehweg platziert. Maria sprang drüber. Drei Münzen lagen im Hut. Sie rannte weiter. Niemand hatte ihre Einkaufstasche in der Hand. Sie warf einen Blick auf die gegenüberliegende Straßenseite. Auch dort Menschen, die auf dem Gehweg unterwegs waren, mal langsam, mal eilig. Auch dort niemand mit ihrer Einkaufstasche. Dann schaute sie wieder nach vorn. Menschen kamen ihr entgegen. Einige wichen ihr aus, wirkten erschrocken, manche gehetzt, andere gleichgültig. Dann erreichte sie eine Kreuzung. Die Fußgängerampel zeigte rot. Maria blieb stehen. Atmete schwer. Die Nacht hing ihr noch nach. Wusste nicht, ob sie geradeaus, links oder rechts weiterlaufen sollte. Die Fußgängerampel sprang auf grün. Maria entschied sich für geradeaus und rannte weiter.

Rempelte Menschen an. Das Telefon klingelte wieder. Nach zweimal klingeln brach der Ton ab. Maria dachte: Scheiß Akku! Rannte weiter. Vor ihr tauchte eine Gruppe Jugendlicher auf, die die gesamte Breite des Gehwegs einnahm. Maria schrie: „Vorsicht, aus dem Weg!" Zwei Jugendliche blieben stehen, drehten ihre Köpfe. Die anderen Jugendlichen liefen weiter. Eine kleine Lücke entstand. Maria nahm sie. Stieß dabei gegen eine junge Frau. Maria lief weiter. „Hey, du Arsch, was solln das?", rief ihr die Frau hinterher. Vor Maria, noch etwa fünfzig Meter entfernt, kam die nächste Kreuzung. Maria dachte: Es ist nur Essen. Noch bis zur Kreuzung, dann wars das. Sie fiel in einen Dauerlauf. An der Kreuzung stoppte sie. Ein letzter kurzer Blick nach vorn. Sah nach rechts, dann nach links. Dann, zwischen einem Pulk von Menschen, die gerade links von ihr die Straße überquerten, sah sie einen jungen Mann mit dunkelgrüner Jacke, blauer Jeans, schwarzen Sneakers mit ihrer Einkaufstasche in der rechten Hand. Maria dachte: Das ist ja nicht mal 'n Junkie. Wollte loslaufen, sah die rote Ampel vor sich, schaute nach rechts und links, war aber in Gedanken schon bei dem Mann mit der dunkelgrünen Jacke. Spurtete los. Dann ein Stoß von rechts. Dann: Blackout.

Maria öffnete die Augen, sah zwei Gesichter über ihr. Zwischen den Gesichtern konnte sie ein Stück blauen Himmel sehen. Langsam drangen Geräusche zu ihr durch. Verkehrslärm, eine Stimme: „… mir leid, sie sind einfach vor mein Auto gelaufen". Eine andere Stimme: „Alles gut. Der Krankenwagen ist unterwegs." Maria versuchte sich aufzusetzen. Ihr schwindelte. Sie legte sich wieder hin, schloss die Augen, scannte ihren Körper. Die rechte Hüfte schmerzte, auch die rechte Schulter. Der Kopf tat ihr weh, aber nicht besonders stark. Im Liegen verspürte sie keinen Schwindel mehr. Ihre Beine und Arme ließen sich bewegen. Von Ferne hörte sie den Krankenwagen. Maria versuchte erneut sich aufzusetzen. Diesmal hielt sich der Schwindel in Grenzen. Maria blieb sitzen.

„Mir geht es gut", sagte sie zu dem Mann, der zuletzt mit ihr gesprochen hatte.

„Die Ärzte sind gleich da. Die werden sich um Sie kümmern. So lange bleiben Sie einfach sitzen. Es dauert nicht mehr lange." Der alte Mann, der neben ihr kniete, klang, als redete er mit einem störrischen Kind. Ein paar neugierige Passanten waren stehengeblieben und schauten auf Maria hinunter. Gleich darauf hielt ein Krankenwagen. Zwei Rettungssanitäter stiegen aus und kamen auf Maria zu.

„Na, junge Frau, was machen wir da für Sachen?", fragte der kleinere der beiden Sanitäter und lächelte dabei. „Wie geht es Ihnen? Irgendwelche Schmerzen?"

„Mir geht es gut", sagte Maria, diesmal zu dem Sanitäter.

„Das ist schön zu hören, aber wir schauen uns das trotzdem erstmal an." Der Sanitäter zwinkerte ihr freundlich zu und fing dann an, die Reaktion ihrer Pupillen zu testen und dann ihren Kopf und ihren Körper abzutasten. Dazwischen fragte er Maria immer wieder, ob sie irgendwo Schmerzen habe. Maria schüttelte immer wieder den Kopf.

„Na, da scheinen Sie noch mal Glück gehabt zu haben. Aber wir nehmen Sie sicherheitshalber mit, damit ein Arzt auch noch einen Blick auf Sie werfen kann." Maria wiederholte, dass es ihr gut ginge und dass ein Transport zum Krankenhaus sicherlich nicht notwendig sei, aber der Sanitäter beharrte: „Ist Vorschrift!" und holte dann mit seinem Kollegen die Trage aus dem Krankenwagen. Beide Sanitäter legten Maria vorsichtig auf die Trage und schoben sie dann in den Krankenwagen. Die Menge fing an sich zu zerstreuen. Zu sehen gab es jetzt nichts mehr. Der Krankenwagen fuhr an und bahnte sich mit Blaulicht und Sirene seinen Weg zum nächstgelegenen Krankenhaus. Dort wurde Maria auf eine Krankenhausliege gelegt und vor der Notaufnahme abgestellt. Ein Pfleger tätschelte ihre Hand und sagte, dass sie einen Moment warten müsse, dann würde die behandelnde Ärztin sich um sie kümmern.

Als Maria das Krankenhaus verließ, war es schon fast halb drei. Die rechte Seite ihres Körpers tat ihr immer noch weh, aber das MRT hatte keine weiteren Verletzungen des Gewebes oder der Organe erkennen lassen. Maria ging also davon aus, in ein paar Tagen wiederhergestellt zu sein. Bruce musste mittlerweile verrückt sein vor Angst. Sie hätte seit vier Stunden wieder zuhause sein sollen und hatte sich bisher bei Bruce noch nicht gemeldet, weil ihr Handyakku abgeschmiert war. Maria nahm die Straßenbahn und eine Stunde später stand sie vor ihrer Wohnung und schloss die Tür auf.

„Bruce? Ich bin es. Entschuldige, es ist was passiert, aber jetzt ist alles ok. Bruce?", rief Maria in die Wohnung hinein, machte die Tür hinter sich zu und ging in Bruce Zimmer. Bruce lag mit geschlossenen Augen im Bett.

„Bruce?" Panik stieg in ihr auf. Sie ging zum Bett und schüttelte Bruce an der unverletzten Schulter. Bruce öffnete die Augen und gähnte.

„Oh, ich muss kurz eingeschlafen sein. Hast du was Leckeres zum Frühstück eingekauft? Ich habe einen Bärenhunger"

„Kurz eingeschlafen?" Maria lächelte. „Du hast gerade ein paar Stunden geschlafen. Wie fühlst du dich?" fragte Maria.

„Gut. Besser, glaube ich", meinte Bruce, „aber was ist jetzt mit meinem Frühstück?"

Maria berichtete Bruce, was in den letzten Stunden passiert war, und sagte dann: „Ich lade nur kurz mein Handy auf und dann mache ich mich nochmal auf den Weg um einzukaufen. Gibt es halt Frühstück, Mittag- und Abendessen auf einmal." Maria ging aus dem Zimmer und kurz darauf hörte Bruce, wie sie in der Küche mit jemandem telefonierte.

Als Maria wieder in das Zimmer von Bruce kam, war jede Fröhlichkeit aus ihrem Gesicht gewichen. In wenigen Sätzen brachte Maria Bruce auf den neuesten Stand, dann fügte sie hinzu:

„Wir müssen dich aus der Wohnung rausbringen. Wir sind hier nicht mehr sicher. Und ich habe auch schon eine Idee. Sie ist nicht perfekt und sie wird dir nicht gefallen, aber ich sehe gerade keine andere Möglichkeit. Hör zu, du kannst dich immer noch nicht viel bewegen. Das Haus und Frankfurt verlassen, kommt gerade nicht in Frage. Die einzige Möglichkeit, die wir haben, ist, uns in diesem Haus zu verstecken. Deshalb werden wir jetzt aus der Wohnung gehen und bei Nachbarn klingeln. Wenn jemand aufmacht, nehmen wir uns die Wohnung, stellen alle ruhig, die in der Wohnung sind und warten, bis Nuria kommt und uns abholt. Ich habe gerade mit ihr telefoniert. Sie ist vor einer Stunde in Potsdam losgefahren und auf dem Weg hierher".

„Aber…", warf Bruce ein.

„Kein aber", unterbrach ihn Maria. „Wir machen das jetzt und wenn ich sage jetzt, meine ich jetzt."

Maria holte aus der oberen Schublade des Nachttischschränkchens zwei Pistolen, steckte sie sich hinten in den Hosenbund und hängte sich den blauen Notfallrucksack über die linke Schulter. Dort hatte sie Kleidung, Geld und haltbare Lebensmittel verstaut. Dann half sie Bruce beim Aufstehen.

„Halt dich einfach bei mir fest, wir schaffen das." Maria schenkte Bruce ein aufmunterndes Lächeln. Bruce legte seinen Arm auf Marias Schulter. Dann liefen sie los. Langsam. Schritt für Schritt. Erst durch die Wohnung. Anschließend das Treppenhaus hinauf, bis sie vor der Tür des Nachbarn standen, der einen Stock über ihnen wohnte. Bruce lehnte sich an die Treppenhauswand und

Maria klingelte. Als nach kurzer Zeit niemand öffnete, schleppten sie sich ein Stockwerk höher in den vierten und letzten Stock. Wieder klingelte Maria, während Bruce sich mühsam einen Meter neben ihr aufrecht hielt. Die Tür öffnete sich und eine gebeugte Frau von vielleicht siebzig Jahren mit graumelierten kurzen Haaren stand vor Ihnen und schaute sie vertrauensvoll an.

„Was kann ich für Sie tun?", fragte die Frau mit rauer Stimme.

„Was Sie für uns tun können? Sie könnten uns in Ihre Wohnung bitten und einen starken Kaffee kochen." Maria unterstrich ihre Forderung, indem sie der Frau eine Pistole vor das Gesicht hielt. Sollte Maria der Frau Angst gemacht haben, so schien sie es sich zumindest nicht anmerken zu lassen. Sie trat einen Schritt zur Seite und sagte: „Nur zu, Sie haben die besseren Argumente auf Ihrer Seite." Nachdem Maria und Bruce in die Wohnung eingetreten waren und die Wohnungstür hinter sich geschlossen hatten, fügte die Frau hinzu: „Wissen Sie, ich habe Lungenkrebs und mein Arzt gibt mir noch einige Monate zu leben. Sie machen mir keine Angst und Sie müssen auch vor mir keine Angst haben. So, und jetzt mache ich uns einen Kaffee und dann erzählen Sie mal, warum Sie vor meiner Wohnung aufkreuzen und mich mit einer Waffe bedrohen." Sie ließ Bruce und Maria im Flur stehen und verschwand rechts durch eine offene Tür.

„Sie wird wahrscheinlich in die Küche gegangen sein und Kaffee kochen, oder was meinst du?", fragte Bruce, um dann gleichdarauf eine weitere Frage nachzuschieben: „Sie wird uns doch wohl die Wahrheit erzählt haben, oder?"

Maria zuckte mit den Schultern. Sie war müde und gerne bereit, der alten Frau zu glauben. Trotzdem folgte sie der Frau in die Küche, kam aber kurz darauf wieder zu Bruce zurück.

„Ja, sie macht wirklich Kaffee. Pass mal auf, ich gehe noch mal in die Wohnung und hole noch die Laptops." Sie gab Bruce eine ihrer Waffen. „Damit wirst du sie zur Not in Schach halten können. In ein paar Minuten bin ich zurück." Maria wandte sich zur Tür, kehrte dann aber nochmal zurück und verschwand in dem Zimmer, das der Küche gegenüber lag. Als sie wieder in den Flur kam, hatte sie ein Telefonkabel in der Hand und grinste.

„Besser ist es. Das Handy habe ich ihr übrigens schon vorhin in der Küche abgenommen." Maria strich Bruce vorsichtig über die Stirn. Dann öffnete sie die Wohnungstür. „Apropos Telefon, stell mal dein Handy an. Nuria hat auch versucht, dich zu erreichen. Bis gleich! Und halte mir den Kaffee warm", sagte Maria, ging hinaus auf den Flur und schloss vorsichtig die Tür.

Bruce konnte nicht mehr stehen. Und weil er nicht wusste, wohin er gehen sollte, setzte er sich im Flur auf den Boden. Er schaltete sein Handy an und legte die Pistole neben sich. Die Frau, in deren Wohnung sie eingedrungen waren, schaute aus der Küche heraus, fragte Bruce, wie er seinen Kaffee haben wolle und kam einen Moment später mit einer Tasse Kaffee zu Bruce.

„Na, hat Ihre Partnerin uns schon verlassen? Machen Sie sich nichts draus, wir beide werden uns auch zu zweit gut verstehen." Die ältere Frau kicherte leise und stellte den Kaffee neben Bruce auf den Boden.

„Stark und schwarz, ganz so, wie sie ihn haben wollten. Ich mache uns jetzt noch ein paar Brote. Es sieht ganz so aus, als ob Sie was zu essen vertragen könnten und dann erzählen Sie mal, was Sie hierhergeführt hat. Ich bin schon ganz neugierig. Ist ja nicht so, dass in meinem Leben noch wahnsinnig viel passieren würde", sagte die Frau, zwinkerte Bruce zu und verschwand wieder in der Küche. Bruce nahm gerade den ersten Schluck seines Kaffees, als sein Telefon klingelte. Maria rief an. Bruce wischte den grünen Button mit dem weißen Telefonhörer auf seinem Handydisplay nach oben und die Verbindung wurde freigeschaltet.

„Keine Sorge, wir haben dir noch Kaffee übriggelassen", scherzte Bruce. Stille. Dann vernahm Bruce ein kaum wahrnehmbares Flüstern.

„Maria, was ist denn? Ich verstehe dich nicht."

„Bruce..." Maria war jetzt besser zu verstehen, sprach aber immer noch sehr leise. „Bruce, verstehst du mich jetzt? Es ist jemand an unserer Wohnungstür. Ich will, dass du auf jeden Fall oben bleibst, egal, was passiert. Hörst du? Scheiße, sie sind drin."

„Maria, Maria?" Bruce drückte das Handy so fest wie möglich an sein rechtes Ohr, aber Maria antwortete nicht mehr. Dann, ein dumpfer Schlag. Schüsse. Stille. Weitere Schüsse. Stöhnen. Dann wieder Stille. Schritte. Dann, eine entspannte Männerstimme: „Na, Bruce, nicht zu Hause? Keine Sorge, wir finden dich.“

STUTTGART

Kony trat auf die Straße und atmete tief durch. Es war später Nachmittag und es hatte aufgehört zu schneien. Die schneeschweren Wolken des Vormittags waren einem klaren, dämmrigen, dunkelblauen Himmel gewichen. Kony hatte es in der Wohnung nicht mehr ausgehalten. Nach einer langen Diskussion, in der er seinen beiden Betreuern einige lugandische Schimpfwörter an den Kopf geschmissen hatte, hatten Dick und Doof ihr Einverständnis gegeben, dass er auf seine eigene Verantwortung einen kurzen Spaziergang machen könne. Er hatte sich eine Mütze aufgesetzt und eine dicke Jacke angezogen. Trotzdem fror er. Er hatte keine Ahnung, wohin er gehen sollte, aber alles war besser, als weiter mit diesen Clowns und seinen Alpträumen in der Wohnung zu sitzen und langsam wahnsinnig zu werden. Kahle Bäume säumten die Straße auf beiden Seiten. Es waren deutlich mehr Menschen unterwegs als heute Morgen, als er mit einer Whiskeyflasche in seinem Zimmer gesessen und aus dem Fenster geschaut hatte. Er wandte sich nach rechts und lief zu einer Kirche, die er ein paar hundert Meter entfernt vor sich ausmachen konnte. Dort angekommen, bemerkte er, dass die Kirche den Endpunkt der Straße markierte. Ihr hoher, oben abgeflachter Turm ragte in den Himmel. Anstelle der Kirchturmspitze befand sich ein gemauertes Geländer. Die Kirche selbst thronte auf einem kleinen Platz. Links und rechts wurde sie von weiteren kahlen Bäumen flankiert und hinter ihr befand sich ein See. Die Dämmerung lag mittlerweile wie ein klebriger, schwarzgrauer Nebel über der Stadt. Kony ging um die Kirche herum. Zwischen den Bäumen konnte er das dunkle Wasser des Sees ausmachen. Dort zogen Schwäne und Enten geräuschlos ihre Bahnen. Hinter seinem Rücken spürte er die schwere, massive Präsenz der Kirche. Anstatt Trost zu spenden, schien die Kirche ihm mitteilen zu wollen, dass er hier an diesem Ort nicht willkommen war. Ein Gefühl, dass er in letzter Zeit immer wieder in der Nähe einer Kirche verspürt hatte. Kony dachte darüber nach, dass Gott nicht mehr zu ihm gesprochen hatte, seit er in Deutschland war und fragte sich, ob Gott sich von ihm abgewandt hatte. Er selbst zweifelte nie an seiner unverbrüchlichen Verbindung zu Gott und auch nicht an dem Auftrag, den der Herr ihm mit auf seinen Lebensweg gegeben hatte. Er war dazu bestimmt, die Welt zu einem Ort Gottes zu machen, an dem die zehn Gebote das Maß aller Dinge waren. Auch wenn er dafür durch Flüsse aus Blut waten musste. Der Allmächtige war schon immer ein strafender Gott gewesen und er, Kony, sein treues, scharfes

Schwert. Aber, dachte Kony, vielleicht war Gott unzufrieden mit seiner Entscheidung, nach Deutschland zu reisen. Vielleicht sollte er auf die Gesichtsoperation verzichten, wieder nach Uganda zurückkehren und sein Schicksal in die Hände Gottes legen, komme was wolle. Kony gab dem Drängen der Kirche nach und entfernte sich von ihr. Doch anstatt zu seiner Wohnung zurückzukehren, schlug er den Weg um den See herum ein, dorthin, wo die Stadt lebendiger und heller wirkte. Dick und Doof würden nicht sonderlich amüsiert sein, wenn er länger wegblieb als vereinbart, aber sie würden es schon überleben. Nach ein paar hundert Metern traf Kony auf eine mehrspurige Straße, auf der kleine, bleiche Menschen in großen Autos unterwegs waren. Die Lichter der Autoscheinwerfer verloren sich in der Helligkeit der Straßenlaternen, Reklametafeln und Wohnfenster der gegenüberliegenden Häuser. Der Lärm war ohrenbetäubend. Hatte ihn vor ein paar Minuten noch die Vorstellung angezogen, in die anonyme Menschenmasse einer deutschen Stadt eintauchen zu können, schreckte ihn die gleißende und lärmende Seite des Stadtlebens plötzlich ab. Kony ging einige Schritte rückwärts und verharrte regungslos an einem kahlen Baum. Er fühlte sich gefangen zwischen der drohenden, dunklen Kirche hinter ihm und der ausgeleuchteten, wogenden Straße vor ihm. Er sah sich um. Schräg vor ihm, nur einige Schritte entfernt, lag ein Restaurant, hinter dessen großflächiger Fensterfront, Menschen an Holztischen saßen und aßen. Teils in Gruppen, teils allein. An einem der Tische sah Kony einen einzelnen

Jungen sitzen. Er schaute genauer hin. Der Junge kam ihm vertraut vor, was nicht nur an der dunklen Hautfarbe seines Gesichts lag. Als der Junge den Blick hob und nach draußen blickte, erkannte Kony in ihm den Jungen aus seinem letzten Traum. Kony war es, als ob der Junge direkt in seine Seele schaute und dort eine tief verborgene Traurigkeit freilegte, die sich gleichzeitig leicht und schwer anfühlte. Kony akzeptierte die Anwesenheit des Jungen, wie er bisher immer auch die Präsenz und die wiederkehrende Erscheinung Gottes akzeptiert hatte. Vielleicht hatte Gott den Jungen zu ihm geschickt, um ihm mitzuteilen, dass er den Jungen in sein Paradies aufgenommen hatte und es ihm dort an nichts mangele. Im Gegensatz zu seinem elendigen Leben, dass er vorher geführt hatte. Kony setzte sich in Bewegung. Als er das Restaurant erreichte und die Eingangstür öffnete, empfing ihn eine warme, trockene Luft. Er ging zu dem Tisch, an dem der Junge saß und immer noch nach draußen in die Dunkelheit starrte, zog sich die Jacke aus und setzte sich neben den Jungen. Von dem Jungen ging ein metallisch-erdiger Geruch aus.

Ein großer, schlaksiger Mann mit Vollbart erschien, legte eine Speisekarte auf den Tisch und fragte Kony etwas in dieser für ihn unbekannten, weichen Sprache, die immer wieder durch Zischlaute in die Länge gezogen wurde.

„Sorry, I don't speak German, do you understand English?", fragte Kony.

„Oh no problem, I'll bring you a menu in English." Der Kellner verschwand und kam kurz darauf mit einer englischen Speisekarte wieder zurück.

Kony bestellte eine Cola und als der Kellner gegangen war, schaute er wieder zu dem Jungen, der weiterhin keine Notiz von Kony nahm und mit seinen Augen die Dunkelheit von draußen in sich einsog. Kony war sich durchaus bewusst, dass der Junge nur ihm erschienen und für die anderen Gäste im Restaurant nicht sichtbar war. Nichtsdestotrotz zweifelte Kony keine Sekunde daran, dass der Junge neben ihm wirklich am Tisch saß. Kony musste sich zwingen, den Jungen nicht anzusprechen, nicht nur, weil er fürchtete, von den Restaurantangestellten und Gästen für verrückt gehalten zu werden, sondern auch, weil er glaubte, der Junge werde es ihm übelnehmen, wenn er ihn anspreche.

Die schlaksige Bedienung brachte die Cola und fragte Kony, was er essen wolle.

„Oh sorry, just a moment." Kony schlug die Speisekarte auf, warf einen kurzen Blick darauf und bestellte einen Hamburger.

„Good choice", meinte der Kellner, nahm die Speisekarte und wandte sich einem anderen Gast zu, der zahlen wollte.

Kony nippte an seiner Cola und wartete darauf, dass der Junge Kontakt zu ihm aufnahm.

Der ICE fuhr um 17:32 Uhr in den Stuttgarter Hauptbahnhof ein. Kim zog sich Nurias Rucksack über die linke Schulter, stand auf und ging zum Ausstieg. Der

Bahnsteig war voller Menschen und Kim beeilte sich, in die Bahnhofsvorhalle zu gelangen. Dort schaute sie auf das Blatt Papier, auf dem Nuria ihr aufgezeichnet hatte, wie sie am besten vom Hauptbahnhof zu Nurias Wohnung gelangen konnte. Kim nahm die Rolltreppe, die sie hinunter in eine unterirdische Einkaufspassage brachte. Sie durchquerte die Einkaufspassage und fuhr mit einer stufenlosen Rolltreppe wieder nach oben, bis sie am unteren Ende der Königsstraße stand. Die zentrale Stuttgarter Einkaufsstraße führte mit einer Länge von über einem Kilometer in Richtung Stuttgarter Westen, dem Stadtteil, in dem Nurias Wohnung lag.

Kim ging die Königsstraße entlang. Fühlte sich für einen kurzen Moment eingeschüchtert von den Menschenmassen, die ihr entgegenkamen. Lief weiter. Überquerte einen großen Platz, der links von einem Schloss und rechts von einem klassizistischen Bau eingerahmt wurde. Passte sich dann dem Rhythmus der Leute an, die wie sie in Richtung Westen gingen. Blieb an Schaufenstern stehen. Spielte mit dem Gedanken, einen Teil von Nurias Geld für neue Kleidung auszugeben. Traute sich dann aber nicht. Ging immer weiter, bis sie an einem Platz ankam mit einem großen See und einer Kirche ohne Kirchturmspitze. Laut Nurias Zeichnung musste Kim jetzt nur noch vor dem See nach rechts in eine kleine Straße einbiegen und dieser bis zur Gutenbergstraße folgen. Dort, in der Gutenbergstraße 20 im dritten Stock, befand sich Nurias Wohnung.

Bis zu diesem Zeitpunkt hatte Kim noch nicht darüber nachgedacht, wie es wäre, in Stuttgart zu sein und dort allein auf die Gerechten zu warten. Sie war einfach Nurias Anweisungen gefolgt. Jetzt aber, hier an diesem See und in der Nähe von Nurias Wohnung, beschlich sie ein Gefühl der Verlorenheit. Was sollte nur aus ihr werden? Würde sie Lynn, würde sie ihre Mutter jemals wiedersehen? Ihre Freunde? Und was, wenn es keiner von den Gerechten nach Stuttgart schaffen würde? Der Gedanke, allein in Nurias Wohnung zu sitzen und zu warten, war unerträglich. Sie sah sich um. Sie brauchte Menschen um sich herum. Direkt neben ihr befand sich ein Restaurant. „Trollinger – Steak- und Brauhaus" stand in roten und weißen Buchstaben an der Häuserfassade. Auch egal, dachte Kim und öffnete die Tür zum Restaurant. Das gesamte Restaurant war hell erleuchtet. Große Kupferlampen hingen von der Decke und strahlten ein warmes Licht aus. Für einen kurzen Augenblick hatte sie den Eindruck, dass alle Gäste in ihren Gesprächen innehielten und ihre Aufmerksamkeit auf sie richteten. Unsicher stand sie an der Eingangstür. Ein großer Mann mit Vollbart, in schwarzer Jeans und rotem Hemd kam auf sie zu.

„Sind Sie allein oder erwarten Sie noch jemanden?"

„Ich, ähm", aber bevor Kim ihren Satz zu Ende bringen konnte, sagte der Mann: „Ach, wenn Sie noch nicht wissen, wie der Abend verlaufen wird, nehmen wir doch den Vierer-Tisch dort hinten am Fenster. Da können Sie allein sitzen oder noch Freunde empfangen." Der Kellner lächelte ihr freundlich zu und zeigte mit der

Hand zu einem Tisch, der in der hinteren Ecke des Restaurants stand.

Kim ging dem Kellner hinterher und setzte sich dann an den ihr zugewiesenen Tisch. Kurz darauf brachte der Kellner die Speisekarte. „Lassen Sie sich Zeit mit der Auswahl", sagte er und zog sich dann wieder diskret zurück. Sie schaute sich um. Die Gäste waren wieder mit sich selbst beschäftigt. Vielleicht waren sie das aber die ganze Zeit gewesen und niemand hatte sich für sie interessiert, als sie das Restaurant betreten hatte.

Kim zog sich im Sitzen den Rucksack von den Schultern, legte ihn auf den Stuhl neben sich und blätterte dann die Speisekarte durch. Sie war froh, dass das Steak-Restaurant auch fleischloses Essen anbot und bestellte schließlich einen vegetarischen Burger und ein alkoholfreies Bier. Langsam fiel die Anspannung von ihr ab und sie merkte, wie hungrig sie plötzlich war. Während sie auf ihr Essen wartete, sah sie durchs Fenster nach draußen. Eine ältere Frau in einem abgetragenen Wollmantel lief an ihr vorbei. Ihre Hände steckten in roten Fausthandschuhen, auf ihrem Kopf trug sie einen schwarzen Filzhut. Dort ragte eine bunte Papageienfeder in die Höhe und schwang im Rhythmus ihrer Schritte hin und her. Die ältere Frau schob einen Einkaufswagen voll prall gefüllter Plastiktüten vor sich her und es sah so aus, als ob sie singen würde.

Ein paar Tische weiter saß Kony. Er hatte seinen Hamburger zur Hälfte aufgegessen, als sich der Junge nach einer langen Zeit des Wartens zu ihm umdrehte und leise die Totenklage anstimmte, die er bereits in Konys Traum gesungen hatte. Der Junge sah ihn an. Seine Augen wirkten wie zwei dunkle, unergründliche Seen und auf eine unheimliche Art unbewohnt. Zu gern hätte Kony den Jungen gefragt, was er von ihm wollte. Aber auch, wenn er sich getraut hätte, inmitten eines gut besuchten Restaurants ein Gespräch mit einem Jungen anzufangen, der nur für ihn sichtbar war, hätte er in diesem Moment kein Wort herausgebracht. Die stumme, vorwurfsvolle Traurigkeit des Jungen floss direkt in ihn hinein. Und mit der Traurigkeit kamen die Erinnerungen. Wie kleine, bunte Papierschiffchen, die ein Kind auf einem Wildbach ausgesetzt hatte, schaukelten Bilder vor seinem inneren Auge vorbei und verschwanden wieder. Er sah kleine Einheiten von zehn bis zwanzig erschöpften bewaffneten Männern durch grasbewachsene Landschaften ziehen. LRA-Soldaten, die sich kurze Feuergefechte mit dem ugandischen Militär liefern. Niedergebrannte Militärstationen. Ein mit Blitzen aufgewühlter Wolkenhimmel. Dorfbewohner, die den LRA-Kämpfern mit Pfeil und Bogen entgegentreten und mit Gewehren und Macheten niedergemetzelt werden. Verhandlungsgespräche zwischen LRA-Offizieren, ugandischen und sudanesischen Militärs unter freiem Himmel. Sonnenbeschienene Lehmböden, auf denen hellrotes Blut langsam braun eindunkelt. Abgeschlagene, verfaulende Gliedmaßen. Weinende Kinder, die gezwungen werden, ihre Eltern zu töten. Verängstigter Kinder im Dämmerlicht, auf dem Weg von ihren Dörfern in die Städte, um dort nachts Schutz vor der LRA zu suchen. Kleine und größere Gruppen von aufgeputschten und vernarbten jungen Männern, die wie vom Blut angezogene Haie über verängstigte Kinder herfallen. Feuer, das einen riesigen Affenbrotbaum in helles Licht taucht. Hoffnungslose Mütter, Väter, Brüder, Schwestern, junge und alte Menschen, die von LRA-Kämpfern unter vorgehaltenen Gewehren Macheten in die Hand gedrückt bekommen. Barfüßige junge Männer mit altersgrauen Gesichtern und in abgegriffenen Uniformen, die um ein Lagerfeuer sitzen. Schlangen, die vor den Erschütterungen marschierender Soldaten flüchten.

„Excuse me Sir, do you like to have another drink?"

Von weiter Ferne drang die Stimme des Kellners an Konys Ohr. Kony zwang sich, seinen Blick von dem Jungen abzuwenden und den großen, bärtigen Mann anzusehen, der ihn fragend anlächelte. Langsam zogen sich die Erinnerungen zurück. Sekunden vergingen, dann hatte Kony sich wieder gefangen.

„One of these big German beers would be nice", antwortete Kony und nickte in Richtung Nachbartisch, an dem zwei Männer vor halbgefüllten Weizengläsern saßen und sich angeregt unterhielten. Erleichtert atmete Kony aus, als der Kellner freundlich nickte und ihn wieder verließ.

Ohne dass er sich noch einmal zu dem Jungen umdrehte, stand Kony auf und ging zur Toilette. Er pinkelte, wusch sich die Hände und warf einen Blick in den Spiegel. Das war sein wahres Gesicht. Und je länger sich Kony im Spiegel betrachtete, desto klarer wurde ihm, dass der Teufel ihn in Versuchung geführt hatte. Er hatte ihm den Wunsch eingeflüstert, ein anderer sein zu wollen und ihn mit einer Traurigkeit konfrontiert, die nicht seine war. Er, Kony, würde das jetzt beenden. Er ging zurück zu seinem Tisch, auf dem der Kellner das Weizenbier schon abgestellt hatte, setzte sich, nahm ein paar Schlucke und wandte sich dem Jungen zu, der seinen Blick wieder nach draußen gerichtet hatte. So leise, wie er konnte, richtete Kony seine Worte an den Jungen:

„Als deine Eltern und du Pfeile auf uns schossen und wir euch die Hände abschnitten, wer war verantwortlich? Als deine Eltern und du uns verrieten und wir euch die Lippen abschnitten, wer war verantwortlich? Als deine Eltern und du mit dem Feind gemeinsame Sache machten und unser Volk von seinem Land vertrieben und wir euch blendeten, wer war verantwortlich? Die Bibel sagt, wenn Hand, Auge oder Mund einen Fehler begehen, müssen sie abgeschnitten werden. Und jetzt mein Junge, verschwinde aus meinem Leben und mache dich auf den Weg zu dem Ort, an den ich dich vor langer Zeit geschickt habe."

Kony nahm einen weiteren großen Schluck Bier und winkte der Bedienung.

„I'd like to pay please", rief er dann noch etwas aufgekratzt durch das Restaurant und durchsuchte seine Hosentaschen nach den Geldscheinen, die er seit ein paar Tagen mit sich herumtrug. Der Junge neben ihm verblasste zunehmend und war für Kony kaum noch auszumachen.

Kim wurde aus ihren Gedanken gerissen, als ein Mann laut auf Englisch nach der Bedienung rief. Sie sah auf und bemerkte, wie ein Mann mit schwarzem Hautton, hageren Gesichtszügen und einer tief über den Kopf hinuntergezogenen Mütze ein paar zerknüllte Geldscheine auf den Tisch legte. Kim nahm den letzten Schluck von ihrem alkoholfreien Bier und schob den Teller von sich weg, auf dem noch einige Salatblätter lagen. Sie fühlte sich mittlerweile einigermaßen gewappnet, Nurias Wohnung aufzusuchen und dort auf Nuria, Bruce und Maria zu warten. Sie sah sich nach dem Kellner um, der sie bedient hatte. Er stand am Tisch des englisch sprechenden Mannes und kassierte. Es dauerte einen Augenblick, aber dann verfestigte sich Kims erster Eindruck. Der Gast kam ihr bekannt vor. Eigentlich war das aber nicht möglich, denn sie kannte keine Menschen mit schwarzer Hautfarbe. Es sei denn, sie hatte den Mann auf einem Foto gesehen. Vielleicht war er ein berühmter Musiker oder Künstler? Und dann fiel Kim ein, woher sie den Mann kannte. Das erste Mal hatte sie ihn auf der Webseite der Gerechten im Darknet gesehen, als sie den Link zu den Kriegsverbrechern angeklickt hatte. Beim zweiten Mal saß er in einem Geländewagen, der an ihr vorbeirollte und Blut war aus seinem Ohr geströmt. Wie konnte das sein? Aber, warum auch nicht? Freiburg war nicht allzu weit entfernt und auch Kony hatte nach dem Anschlag untertauchen müssen. Warum nicht in

Stuttgart? Kim merkte, wie ihr übel wurde. Ihr war plötzlich ganz heiß und sie spürte den Schweiß an ihrem Körper entlanglaufen. Was sollte sie tun? Sie versuchte, einen klaren Gedanken zu fassen. Das Wichtigste war jetzt, unauffällig zu bleiben. Es war unwahrscheinlich, dass Kony wusste, wer sie war. Sie könnte ihm einfach unauffällig folgen.

Kim nahm einen zwanzig Euroschein aus ihrem Geldbeutel und legte ihn auf den Tisch. Joseph Kony hatte mittlerweile gezahlt und war aufgestanden. Während er in Richtung Ausgang ging, ergriff Kim ihren Rucksack und lief zum Tresen, wo der hagere Kellner darauf wartete, dass der Barkeeper ihm die gezapften Biere aufs Tablett stellte.

„Entschuldigen Sie, ich habe nicht auf die Zeit geachtet und muss ganz dringend los. Das Geld habe ich auf den Tisch gelegt", sagte Kim. Ohne die Antwort des Kellners abzuwarten, rannte sie zum Ausgang, öffnete die Tür und sah sich um. Kony war keine zwanzig Meter von ihr entfernt stehengeblieben und schaute in den Himmel, in dem die Sterne eine ferne Ahnung von der unermesslichen Größe des Universums hervorriefen. Noch während Kim überlegte, was sie tun könnte, um auch ihr Stehenbleiben zu rechtfertigen, setzte sich Kony in Bewegung. Kim folgte ihm. Ihre Welt schrumpfte zusammen, bis nur noch ein schmaler, spärlich beleuchteter, schattenwerfender Tunnel übrigblieb, an dessen Ende ein schmaler Mann langsam einen schneebedeckten Weg entlangging. Ab und zu tauchten Menschen auf, verdeckten Kim für einen Moment die

Sicht auf den Mann, den sie verfolgte und verschwanden wieder. In Kims Kopf spielten die Gedanken verrückt. Flüchtige Fragen kamen und gingen. Was mache ich, wenn er stehenbleibt und sich umdreht? Wird er gleich auf Leute treffen, die mich erkennen? Und dann? Aber Kim lief weiter, den Blick fest auf den Rücken von Joseph Kony gerichtet. Als Kony vor einem Haus stehenblieb, schrie sie fast auf, so überrascht war sie davon, dass die Pendelbewegung des Rückens, dem sie folgte, plötzlich stoppte. Geistesgegenwärtig bückte sie sich und gab vor, einen losen Schnürsenkel zuzubinden. Aus den Augenwinkeln sah sie, wie Kony auf einen Klingelknopf drückte, kurz wartete, dann die Haustür aufdrückte und im Haus verschwand. Kim stand auf und lief weiter, bis sie die Nummer des Hauses sehen konnte, in das Kony hineingegangen war. Jetzt musste sie nur noch herausfinden, wie die Straße hieß, in der sie sich gerade befand. Dann konnte sie Nuria und den anderen durchgeben, wo sich Kony versteckt hielt. Ihr war immer noch ein wenig schlecht vor Nervosität, aber in ihre innerliche Unruhe hatte sich ein leichtes Gefühl von Stolz eingeschlichen. Sie, Kim, hatte Kony ausfindig gemacht und wusste auch, wo er wohnte. Sie konnte es kaum erwarten, die Gerechten wiederzusehen und ihnen davon zu berichten. Aber jetzt musste sie erstmal Nurias Wohnung finden. In ein paar hundert Metern konnte Kim die Kirche ausmachen. Nurias Wohnung musste dort ganz in der Nähe sein. Auf dem Weg dorthin kam sie an einem Straßenschild vorbei.

So, so, dachte Kim, ein christlicher Religionskrieger findet Schutz in der Johannesstraße 27. War Johannes nicht eine historische Figur der Bibel? Und wurde dieser Johannes am Ende nicht hingerichtet? Sie nahm sich vor, diese Geschichte in der Bibel nachzulesen. Ein paar Minuten später stand sie vor dem Haus in der Gutenbergstraße 20.

3 0

F R A N K F U R T

Nuria saß in der Nähe von Merets Praxis in ihrem Auto und fror. Heute Vormittag hatte sie in der Potsdamer Wohnung wichtige Dokumente, Bargeld und Waffen zusammengepackt und war dann mehrere Stunden nach Frankfurt gefahren. Unterwegs hatte sie mit Bruce telefoniert, der ihr mitteilte, dass Maria wohl getötet worden und er bei einer Nachbarin untergekommen sei. Nuria hatte Bruce versprochen, ihn im Laufe der Nacht abzuholen, sobald sie sicher war, dass das Haus in der Anna-Freud-Straße 17 nicht unter Beobachtung stand. Dann, so die Verabredung, würden sie erst einmal nach Stuttgart fahren und dort so lange bleiben, bis Bruce wieder einigermaßen auf den Beinen war.

Nach zwei Stunden Wartezeit hatte Nuria noch keine verdächtige Person auf der Straße ausmachen können. Das Haus wurde anscheinend nicht beobachtet. Trotzdem wollte sie noch eine Weile warten, bis sie den verletzten Bruce abholte. Noch waren zu viele Menschen auf der Straße. Nuria konzentrierte sich weiter auf ihre Umgebung. Ein blauer Lieferwagen hielt in zweiter Reihe. Der Fahrer stieg aus, öffnete die Seitentür und holte Pakete aus dem Laderaum. Eine Fahrradfahrerin mit Kopfhörern auf den Ohren umkurvte den Lieferwagen und verschwand dann aus Nurias Blickfeld. Zwei Menschen blieben stehen, umarmten und küssten sich, lachten, liefen weiter. Ein Mann in Jeans und dunkelgrüner Jacke rannte an ihr vorbei. In der linken Hand hielt er einen kleinen blauen Rucksack. Kurz darauf erschien eine junge Frau mit gelber Mütze. Sie rannte dem Mann hinterher und rief dabei irgendetwas, das Nuria nicht verstand. Sie blickte in den Rückspiegel und sah, wie die Frau langsamer wurde und dann erschöpft stehenblieb. Nuria dachte an Maria, die jetzt tot in der Wohnung im zweiten Stock liegen musste. Sie spürte einen Anflug von schlechtem Gewissen, dass Marias Tod bei ihr so wenig Trauer hervorrief. Vielleicht lag es daran, dass Maria ihr fremdgeblieben war, mehr als die anderen der Gerechten. Vielleicht war sie aber auch nur zu erschöpft, um noch irgendetwas zu fühlen. Die Frau mit der gelben Mütze war unterdessen umgekehrt und lief wieder an Nuria vorbei, blieb dann aber stehen und drehte sich noch einmal um. Dabei blieb ihr Blick an Nuria hängen und für einen Moment schauten sich die beiden Frauen in die Augen. Nuria war es, als ob sie die Frau schon einmal gesehen hatte, aber das Gefühl der Vertrautheit verflog, als die Frau resigniert mit den Schultern zuckte und weiterging. In dem Augenblick realisierte Nuria, dass sie Maria noch

einmal sehen musste, auch wenn es nur ihr toter Körper
war. Sie musste sich von Maria verabschieden.
Zumindest das war sie sich und ihrem schlechten
Gewissen schuldig. Eine letzte Geste der Vertrautheit.

Nuria stieg aus ihrem Auto und machte sich auf den
Weg zu dem Haus, in dem Bruce darauf wartete,
abgeholt zu werden und Marias Körper langsamen
verfiel. Sie drückte gegen die Haustür und die Tür gab
nach. Der Geruch nach Bohnerwachs schlug ihr
entgegen. Mehrere Treppenstufen führten steil nach
oben. Ein roter, mit goldenen Fäden durchwirkter
Treppenhausläufer, der an den Seiten etwas ausgefranst
war, gab dem Treppenhaus einen morbiden Charme. Bis
auf den Verkehrslärm, der nur gedämpft ins Innere des
Hauses drang, konnte Nuria keine weiteren Geräusche
ausmachen. Nach achtunddreißig Treppenstufen war sie
auf der Höhe von Merets Praxis und nach weiteren
vierzig Stufen stand sie vor der Wohnung, die den
Gerechten viele Jahre lang einen sicheren Unterschlupf
geboten hatte. Nuria zog ihren Schlüssel aus der
Hosentasche und öffnete die Tür. Insgeheim
beglückwünschte sie sich dafür, dass sie vor einigen
Jahren bei den Gerechten durchgesetzt hatte, alle
Wohnungen mit einem Schloss auszustatten, das man
mit dem gleichen Generalschlüssel öffnen konnte.

Nuria machte einen Schritt in die Wohnung hinein,
hielt ihren Atem an. Lauschte. Bis auf ein leises
Hintergrundrauschen in ihren Ohren, vernahm sie…
nichts. Nuria schaltete das Flurlicht an und schloss die
Tür. Ging einen weiteren Schritt in den Flur hinein. Blieb

stehen. Fühlte in sich hinein, spürte ein leichtes Kribbeln in ihren Fingern, ein leichtes schmerzhaftes Ziehen in der Magengegend. Schräg links stand die Küchentür offen. Zwei weitere Schritte. Die Küche lag im Dunkeln. Nur das Flurlicht ließ schemenhaft die Konturen eines Tisches, mehrerer Stühle und einer Küchenzeile aus der Dunkelheit hervortreten. Nuria wandte den Blick von der Küche ab und schätzte die Entfernung bis zur angelehnten Wohnzimmertür ihr gegenüber. Vielleicht noch fünf Schritte bis dorthin. Nuria griff in das Schulterholster unter ihrer linken Achsel und zog die nachtschwarze Beretta heraus. Sie tat es mehr aus Reflex. Sie glaubte nicht, dass sich noch jemand in der Wohnung befand. Sie behielt die Waffe in ihrer rechten Hand, setzte den linken Fuß nach vorn, dann den rechten. Schaute nach links. Das Bad, so dunkel und schemenhaft wie die Küche. Maria konnte jetzt nur noch im Wohnzimmer liegen oder im dahinterliegenden Schlafzimmer. Drei weitere Schritte. Nuria stand vor der angelehnten Wohnzimmertür. Atmete langsam ein und wieder aus, griff die Beretta mit beiden Händen, hielt sie vor sich und gab der Tür mit ihrem linken Fuß einen kräftigen Stoß. Die Tür schwang nach hinten. Das Wohnzimmer war hell erleuchtet. Das weiße Ledersofa stand nicht mehr an seinem üblichen Platz vor dem Bücherregal. Jemand hatte es ein paar Meter nach vorne geschoben. Links neben dem Sofa auf dem Fußboden glänzte ein kleiner runder Fleck in dunklem Rot. Nurias Blick wanderte weiter durchs Zimmer. Haltlos. Verlassen. Nuria wusste, was sie hinter dem Sofa erwartete. Sie wägte ab, schloss die Augen.

Das Hintergrundrauschen wurde lauter und von einem Moment auf den anderen hörte Nuria Rufe, Schüsse, Schreie, Explosionen. Flashback. Sie stand im kolumbianischen Regenwald. Über ihr Hubschrauber, die mit ihren Rotoren die schwüle Luft durcheinanderwirbelten und einen ohrenbetäubenden Lärm verursachten. Sie rannte. Vor ihr lief Carlos, ihr Ausbilder. Im Laufen drehte er sich zu ihr um und rief irgendetwas auf Spanisch, was sie nicht verstand. Sie schaute nach oben. Sah, wie sich Soldaten der kolumbianischen Armee aus den Hubschraubern lehnten und ihre Gewehre im Anschlag hatten. Dann schossen sie. Menschen, die wie Nuria um ihr Leben rannten, fielen. Auch Carlos stolperte und schlug auf dem Boden auf. Sie wollte stehenbleiben und Carlos aufhelfen. Dann war plötzlich Maria neben ihr, die sie daran hinderte, stehenzubleiben. Sie lief neben Maria weiter, hörte Explosionen. Erde spritzte auf. Dann erreichte sie den rettenden Dschungel. Dunkelheit empfing sie. Stille.

Die Erinnerung verblasste. Nuria öffnete die Augen. Sie sah wieder das Wohnzimmer, die Bücherwand, das weiße Sofa, den dunkelroten Fleck vor sich. Sie hatte genug gesehen, drehte sich um. Ein Schritt, dann zwei, drei, vier, fünf, sechs, sieben, acht weitere Schritte durch den Flur. Mechanisch öffnete sie die Wohnungstür, ging ins Treppenhaus hinaus, zog mit letzter Kraft die

Wohnungstür zu. Ließ sich zu Boden sinken und legte den Kopf auf die Knie. Anschließend kamen weitere Erinnerungen und verloren sich wieder. Fünf Minuten vergingen, dann zehn. Dann hörte sie, wie unten die Haustür zufiel. Schritte. Nuria stand mühsam auf und lief die Treppen weiter hinauf. In welcher Wohnung wartete Bruce auf sie? Was hatte er gesagt? Vierter Stock. Auf dem Klingelschild sollte Hummel stehen. Oben angekommen, versuchte sie die Erinnerungen an den Angriff auf das Ausbildungscamp der FARC-Guerilla abzuschütteln. Sie musste sich jetzt auf ihre Aufgabe konzentrieren. Musste Bruce sicher nach Stuttgart bringen. Sie klingelte. Eine kleine, grauhaarige Frau öffnete die Tür.

„Sie müssen Nuria sein. Ich habe in den letzten Stunden einiges über sie gehört." Die alte Frau lächelte. „Kommen Sie rein. Bruce liegt in meinem Bett und schläft. Ach, und ich bin übrigens Marion." Die Frau trat zurück und winkte Nuria in die Wohnung.

„Bruce hat Ihnen von mir erzählt?", fragte Nuria irritiert.

„Na, jetzt kommen Sie erst einmal richtig an. So, wie Sie aussehen, können Sie einen starken Kaffee gebrauchen. Und machen Sie sich keine Sorgen. Ich weile nicht mehr lange auf dieser Erde." Sie zuckte mit den Schultern. „Das habe ich auch schon ihrem Kollegen gesagt. Oder sagt man Kampfgenossen?" Sie lächelte verschmitzt. „Lungenkrebs. Habs selber versaut. Zu viele Zigaretten und nie geschafft aufzuhören. Am Ende des Lebens noch ein bisschen Action mit

Killerkommandos, Verfolgungen und Schussverletzungen, das ist auf jeden Fall besser als in der Wohnung herumzusitzen, Krimis zu lesen und auf die Anrufe meiner Kinder zu warten." Ohne Nurias Reaktion abzuwarten, schleppte sie sich den dunklen Flur entlang und verschwand rechts in einem Raum. Wahrscheinlich ist dort die Küche, dachte Nuria. Sie beschloss der seltsamen Frau zu trauen – Bruce tat es auch – und mit ihr einen Kaffee zu trinken. Währenddessen konnte Bruce noch ein wenig schlafen. Nuria folgte der Frau in die Küche.

Nuria und die Frau, die seit einundsiebzig Jahren auf den Namen Marion Hummel hörte, tranken bereits den dritten Kaffee und hatten sich einen Großteil ihrer Lebensgeschichte erzählt, als Bruce an der Küchentür erschien und sich am Türrahmen anlehnte.

„Na, ihr gönnt mir wohl nichts zu trinken?" Bruce lächelte schwach. Nuria sprang von ihrem Stuhl auf und umarmte Bruce vorsichtig.

„Ach, Bruce, ich bin so froh…", sagte Nuria und kämpfte gegen Tränen an. Sie wollte keine Schwäche zeigen, nicht hier und nicht bevor das alles überstanden war.

„Ist ja gut, Nuria, ist ja gut. Wir schaffen das. Aber lass mich bitte los, du bist etwas zu schwer für mich", meinte Bruce.

„Zu schwer? Ich?" Nuria strich ihm das verschwitzte Haar aus der Stirn. „Das ist ja wohl eine Frechheit. Lass uns fahren, es ist spät." Sie wandte sich in Richtung Ausgang.

„Wie wollen Sie ihn denn die Treppe runterbringen?", fragte Marion Hummel. „Er kann sich ja kaum auf den Beinen halten."

Nuria schaute Bruce an und der nickte ihr aufmunternd zu.

„Wir bekommen das hin", sagte Nuria. „Wir bekommen das hin."

„Dann lassen Sie mich Ihnen bitte noch eine Thermoskanne Tee mitgeben. Nicht, dass ihr Kollege mich als unfreundliche Gastgeberin in Erinnerung behält." Die alte Frau stand auf, schaltete den Wasserkocher an und holte anschließend eine blaue Thermoskanne und zwei Beutel Schwarztee aus dem Küchenschrank. Kurz darauf goss sie das kochende Wasser in die Thermoskanne.

„Den Tee und Bruce Tasche trage ich Ihnen hinunter." Marion Hummel lief an Nuria und Bruce vorbei, schnappte sich die Tasche und drehte sich zu den beiden um. „Auf was warten Sie noch? Straßenschuhe ziehe ich mir nicht mehr an. Ich mache mir schon seit vielen Jahren keine Gedanken mehr darüber, was die Leute von meinem Aussehen halten." Dann öffnete sie die Wohnungstür, drückte auf den Lichtschalter an der Wand und warf einen Blick nach unten ins Treppenhaus. „Die Luft ist rein, sie können kommen."

Sie benötigten knapp zehn Minuten, bis sie unten an der Haustür angekommen waren. Erschöpft stieß Nuria die Tür auf und sah sich um. Die Straße lag verlassen vor ihr.

„Das Auto ist ganz in der Nähe. Wartet kurz, ich bin gleich wieder da", sagte Nuria und trat auf die Straße hinaus. Die Haustür fiel leise ins Schloss. Im Treppenhaus warteten Bruce und Marion Hummel schweigend darauf, dass Nuria wiederkam. Einen Moment später klopfte Nuria von außen an die Haustür und Marion Hummel öffnete ihr. Während die alte Frau die Tür aufhielt, half Nuria zuerst Bruce ins Auto einzusteigen, dann holte sie seine Tasche. Sie setzte sich ans Steuer, startete den Motor und ließ das Seitenfenster herunter.

„Vielen Dank für Ihre Hilfe, das werde ich Ihnen nie vergessen", rief sie der alten Frau zu, die auf dem Gehweg stand und Nuria und Bruce zum Abschied zuwinkte. Lächelnd winkte Bruce zurück. Nuria fuhr los. Sie sah in den Rückspiegel. Bruce lag auf dem Rücksitz und hatte die Augen geschlossen. In einiger Entfernung stand Marion Hummel auf der Straße und schaute ihnen nach. Nuria beobachtete, wie sie immer kleiner wurde, bis sie nach ein paar Sekunden ganz verschwunden war. Dann richtete sie ihren Blick wieder nach vorn, drückte den Fuß etwas stärker auf das Gaspedal und wandte sich an Bruce:

„Noch knapp zweieinhalb Stunden und dann liegst du wieder in einem bequemen Bett, das ist doch eine schöne Aussicht, oder?"

Aber Bruce antwortete nicht, er war wieder eingeschlafen.

Auch gut, dachte Nuria, dann kann ich die Musik hören, die mir gefällt. Sie lächelte wehmütig, als sie an die vielen kleinen Auseinandersetzungen dachte, die sie in den letzten Jahren mit Bruce darüber geführt hatte, welches Radioprogramm oder welche Playlist bei ihren gemeinsamen Fahrten eingeschaltet werden sollte. Nuria warf einen Blick auf ihre Uhr. Sie zeigte 0:32 Uhr. Kim schlief sicherlich schon, wenn sie in Stuttgart ankamen.

3 1

STUTTGART

Um 2:57 Uhr parkte Nuria vor der Gutenbergstraße 20 in zweiter Reihe.

„Bruce? Du musst aufwachen, wir sind da." Nuria lehnte sich nach hinten und strich Bruce zärtlich über den Kopf. Bruce öffnete für einen Moment die Augen, schloss sie aber sofort wieder und stöhnte.

„Bruce? Reiß dich zusammen! Ich hole jetzt Kim und dann bringen wir dich nach oben." Nurias Stimme klang härter als beabsichtigt, aber die letzten Tage hatten auch ihr einiges abverlangt.

„Schon gut, Nuria, ich bin ja wach", sagte Bruce. „Mach, dass du rauskommst, und hole Kim. Ich halte hier die Stellung. Aber, noch eine Sache: kannst du bitte einen anderen Radiosender einstellen? Bei der Musik werde ich nie gesund." Bruce grinste, verzog dann aber schmerzhaft das Gesicht, als er versuchte, sich in eine andere Liegeposition zu bringen. Nuria strich ihm noch einmal über den Kopf. „Entschuldige", sagte sie, stellte das Radio auf SWR 3 ein und stieg aus dem Auto aus. Ein paar Minuten später kam sie in Begleitung von einer müden Kim zurück. Mit vereinten Kräften schleppten sie Bruce in Nurias Wohnung und halfen ihm dann ins Bett.

„Ich parke nur kurz das Auto", sagte Nuria zu Kim. „Leg du dich schon mal in das andere Bett. Ich nehme nachher die Isomatte und den Schlafsack, die gibt es auch in dieser Wohnung." Nuria ging nach draußen. Doch als sie wiederkam, war Kim noch wach und saß auf einem Stuhl in der Küche.

„Noch nicht wieder im Bett? Hast du etwa schon ausgeschlafen?", fragte Nuria.

„Ich weiß, wo sich Kony aufhält", platzte Kim heraus.

„Du verarschst mich, Schätzchen, oder?", sagte Nuria. Doch als Kim lächelnd den Kopf schüttelte, war auch Nuria plötzlich hellwach.

Kim erzählte Nuria, wie sie Kony im Restaurant erkannt hatte und ihm dann gefolgt war. Nuria erhob sich von ihrem Küchenstuhl.

„Zeig mir das Haus, in dem Kony verschwunden ist", sagte sie und zog sich dabei die Jacke an.

„Du willst, dass ich dir jetzt das Haus zeige? Jetzt? Und Bruce? Was wird er denken, wenn er aufwacht und wir sind nicht da?", fragte Kim.

„Ich schreibe ihm eine Nachricht und jetzt beeile dich, zieh dir was an. Man muss das Eisen schmieden, solange es heiß ist." Nurias Stimme wies eine Härte auf, die Kim bisher an ihr noch nicht wahrgenommen hatte. Nuria ging aus der Küche und kam kurz darauf mit einem schwarzen Rucksack wieder zurück. Dann verließen beide die Wohnung, liefen die menschenleere Gutenbergstraße entlang und schlugen den Weg Richtung Johannesstraße ein. Kim überlegte, Nuria zu fragen, was sie in diesem Rucksack mitschleppte, entschied sich dann aber dagegen. Sie bekäme es wahrscheinlich früh genug mit und außerdem machte Nuria gerade nicht den Eindruck, als ob sie große Lust auf eine Unterhaltung hätte.

Keine zwei Minuten später zeigte Kim auf ein braun verputztes fünfstöckiges Haus. „Da drin ist er verschwunden", sagte Kim und fügte dann hinzu: „Ist das nicht abgefahren, dass er sich nur ein paar Meter von deiner Wohnung versteckt hält? Und wer weiß, wenn ich nicht in dieses Restaurant gegangen wäre, hätten wir vielleicht in den nächsten Tagen fast Tür an Tür gewohnt und wären uns trotzdem nie begegnet."

Nuria schaute Kim an. Sie wusste, dass Kim ein Lob dafür erwartete, dass sie Kony erkannt und sich getraut hatte, ihn zu verfolgen. Zu einem anderen Zeitpunkt hätte Nuria das auch gern getan, aber irgendetwas hinderte sie jetzt daran. Sie kannte das. In manchen Situationen konnte sie nicht nett sein. Scheiß drauf, dachte sie, das Leben ist halt nicht immer ein Ponyhof.

„Schätzchen", sagte Nuria stattdessen, „dein Job ist für heute erledigt. Du gehst jetzt nach Hause und legst dich schlafen. Wir sehen uns zum Frühstück. Hier hast du einen Wohnungsschlüssel, ich habe selber auch noch einen dabei." Nuria holte einen Schlüsselbund aus der Hosentasche und warf ihn Kim zu.

„Aber", sagte Kim.

„Kein aber!", sagte Nuria. „Du gehst jetzt wieder in meine Wohnung. Sollte ich nicht wiederkommen, bleibst du mit Bruce dort so lange, bis es ihm wieder bessergeht. Lebensmittel gibt es genug. Bruce wird wissen, was dann zu tun ist. Ich gehe jetzt in dieses Haus und wenn es wirklich Kony war, den du gesehen hast, bringe ich das zu Ende."

„Aber, du weißt ja nicht einmal in welcher Wohnung er sich aufhält", entgegnete Kim.

Nuria warf Kim einen genervten Blick zu, dann lief sie zur Eingangstür des Hauses in der Johannesstraße 27. Vor der Haustür wandte sie sich noch einmal an Kim.

„Du stehst ja immer noch hier", sagte sie und schaute Kim so lange an, bis diese sich umdrehte und wortlos in Richtung Gutenbergstraße lief.

Nuria holte eine Reihe unterschiedlich fein geformter Drahtbügel aus ihrer Jackentasche. Der dritte Draht passte. Nach wenigen Sekunden öffnete sie die Haustür und trat in den Hausflur. Eine schützende Dunkelheit umfing Nuria. Sie zog sich den Rucksack von der Schulter, öffnete ihn und taste mit ihrer linken Hand die Gegenstände ab, die sie vor längerer Zeit dort hineingepackt hatte. Zuerst holte sie eine Motorradmaske heraus und zog sie sich über den Kopf. Dann ergriff sie ein paar dünne Handschuhe, die sie sich überstreifte. Anschließend holte sie noch eine kleine Taschenlampe und die mit einem Schalldämpfer versehene Beretta aus dem Rucksack. Die Taschenlampe steckte sie sich in die hintere Hosentasche und die Beretta vorne in den Hosenbund. Dann schulterte sie wieder den Rucksack und stieg im Dunkeln die Treppe hinauf.

Auf dem Weg in die Johannesstraße 27 hatte Nuria sich überlegt, in welcher Wohnung sie zuerst nach Kony suchen wollte, sollte es wirklich Kony gewesen sein, den Kim in dem Restaurant gesehen hatte. Sie war zu dem Entschluss gekommen, dass sie an Stelle von Kony und seinen Begleitern entweder im ersten oder im obersten Stock eine Wohnung angemietet hätte. Bei Sandwitchwohnungen gab es immer einen Nachbarn mehr, der etwas mitbekommen könnte. Kurz darauf stand Nuria vor der ersten Wohnungstür. Sie lauschte. Dann holte sie die Taschenlampe aus ihrer hinteren Hosentasche, knipste sie an und steckte sie sich in den Mund. Wieder dauerte es nur ein paar Sekunden, bis sie mit ihrem Türöffnungsset die Wohnungstür geöffnet hatte. Sie machte die Taschenlampe aus und drückte gegen die Tür, die daraufhin leicht nachgab und sich einen Spaltbreit öffnete. Nuria nahm die Beretta in die Hand und verharrte für einen Moment regungslos an der Tür. Soweit sie das von ihrer Position aus überblicken konnte, lag der Flur dunkel und still vor ihr. Vorsichtig öffnete Nuria die Tür so weit, dass sie hindurchschlüpfen konnte. Dann stand sie in der Wohnung.

Kurz hatte sie Angst, wieder von einem Flashback überfallen zu werden, so wie in der Nacht zuvor in ihrer Frankfurter Wohnung, aber dann überkam sie eine tiefe, innere Ruhe und die Gewissheit, in diesem Moment genau das Richtige zu tun.

Leise schloss sie die Tür. Sie stand in einem riesigen Flur, von dem mehrere Türen abgingen. Durch zwei geöffnete Türen fiel etwas Mondlicht in den Flur und Nuria konnte eine Tischtennisplatte erkennen, auf der mehrere Tischtenniskellen und ein Plüschbär lagen. Auf dem Boden waren weitere Spielsachen verstreut. Nuria verwarf den Gedanken, hinter einer der verschlossenen Türen nachzusehen. So sah keine Wohnung aus, in der sich ein Massenmörder versteckte. Hier lebten definitiv Kinder.

So leise, wie sie gekommen war, verschwand Nuria wieder aus der Wohnung und lief die Treppen hoch, bis sie vor der Wohnungstür im fünften Stock stand. Wieder dauerte es nur einen kurzen Moment, bis Nuria den Schließmechanismus der Wohnungstür entriegelt hatte und die Tür vorsichtig nach vorne drückte. Nuria versuchte herauszufinden, ob in der Wohnung noch irgendjemand wach war. Zuerst hatte sie den Eindruck, dass die Wohnung genau so still war, wie die Wohnung im ersten Stock und ihre Bewohner in ihren Betten lagen und schliefen. Als sie jedoch die Wohnungstür noch ein Stück weiter öffnete, vernahm sie ein leises Stimmengemurmel, so als ob in irgendeinem Bereich der Wohnung ein Fernseher lief. Nuria schob vorsichtig ihren Kopf in die Wohnung. Auch hier lag ein langgezogener Flur vor ihr. Ganz links gab eine offene Tür den Blick in eine Küche frei, die vom Mond beschienen wurde. Die Tür neben der Küche war angelehnt und etwas Licht drang durch den schmalen Spalt zwischen Tür und Türrahmen in den Flur. Die

Stimmen waren jetzt etwas lauter zu hören. Allem Anschein nach schaute sich hinter dieser Tür jemand einen Film an. Die beiden anderen Türen, die vom Flur abgingen, waren geschlossen. Nuria trat zwei Schritte in den Flur hinein. Die Tür ließ sie angelehnt. Dann ging sie im Kopf ihre Möglichkeiten durch. Sie könnte zuerst in die Zimmer schauen, die hinter den verschlossenen Türen lagen. Wahrscheinlich schliefen die Menschen, die sich dort aufhielten. Oder sie könnte zu der angelehnten Tür schleichen, sie vorsichtig Zentimeter für Zentimeter öffnen und darauf hoffen, dass die Person den Film auf einem Laptop schaute oder der Fernseher nicht direkt vor der Tür stand. Eine andere Möglichkeit wäre, mit zwei, drei schnellen Schritten in das Zimmer hineinzugehen, die Person - oder vielleicht waren es ja auch mehrere Personen - mit vorgehaltener Pistole zu überrumpeln, sie einzuschüchtern, den Zeigefinger auf den Mund zu legen und sie im Zweifelsfall zu erschießen. Nuria entschied sich für das beleuchtete Zimmer und ging vorsichtig zu der angelehnten Tür. Dort verharrte sie und wartete.

Aus dem Zimmer drangen jetzt auch leise Schreie, Schüsse und ein dunkles Fauchen, wie von wilden Tieren. Nuria war heiß unter ihrer Motorradmaske und die Aufregung ließ ihr Herz schneller schlagen. Sie atmete mehrmals tief ein und wieder aus. Dann nahm sie mit der linken Hand die Waffe in die Hand, ergriff mit der anderen den Türgriff und schob die Tür ein paar Zentimeter nach vorne. Wartete. Drückte die Tür ein Stück weiter auf. Sie schaute durch den größer gewordenen Türspalt und sah an der rechten Wand des Zimmers ein Bücherregal, auf dem eine graue, leere Vase stand. Immer noch waren Schreie und ein dumpfes Knurren zu hören. Nuria drückte weiter gegen die Tür, so weit, dass sie nun auch einen Tisch ausmachen konnte. Auf dem Boden lagen Chipstüten und anderer Müll.

Nuria beugte sich ein wenig nach vorne, neigte ihren Kopf zur Seite und konnte nun fast das ganze Zimmer überblicken. Links an der Wand lag ein Mann auf einem Sofa. Auf seinem runden Bauch stand ein Laptop. Ein Zombiefilm lief. Auf dem Boden neben dem Sofa lag eine silberfarbene Pistole. Das musste die richtige Wohnung sein, dachte Nuria, machte vier schnelle Schritte bis zum Sofa und hielt dem Mann ihre Beretta an den Kopf.

„Keinen Laut", sagte Nuria und drückte ihre Waffe noch etwas stärker gegen die Stirn des Mannes.

Der Mann zuckte zusammen, wobei der Laptop vom Bauch des Mannes rutschte und auf den Boden fiel. Für einen kurzen Moment huschten seine Augen wie ein verängstigtes Tier in einem Käfig verwirrt hin und her. Dann beruhigte sich der Mann. Nuria schaute auf ihn hinunter. Versuchte etwas Wärme in ihre Stimme zu legen.

„Keine Panik, das muss hier nicht böse enden", sagte sie. „Ich will nur wissen, in welchem Zimmer Kony steckt. Dann fessle ich dich, stecke dir ein Taschentuch in den Mund und mache meinen Job."

Der Mann fuhr sich mit seiner Zunge über die Lippen, schluckte. Schweiß perlte auf seiner Stirn und einige

Tropfen liefen ihm die Schläfen hinunter. Nuria wusste, dass der Mann seine Möglichkeiten abwägte und drückte ihre Beretta noch stärker gegen die Stirn des Mannes, um sein Nachdenken zu beschleunigen.

„Kony schläft im Zimmer gegenüber. Tun Sie, was Sie tun müssen, und dann verschwinden Sie", sagte der Mann verächtlich.

„Ist sonst noch jemand hier?", fragte Nuria.

Der Mann schüttelte den Kopf. „Wir lösen uns ab. Meine Ablöse kommt erst morgen Abend."

Nuria wusste, dass er log. Bauchgefühl. Sie drückte ab und der Mann starb ohne ein weiteres Wort zu sagen. Während die leblosen Augen des Mannes Nuria weiter anstarrten, überlegte Nuria wie viel Lüge und Wahrheit in den Aussagen des Mannes gelegen haben mochten. In welchem Zimmer lag nun Kony? Direkt gegenüber oder war in diesem Zimmer der andere Bewacher? Sie wollte sich Kony unbedingt als letztes aufbewahren. Nuria lief zur Tür zurück und schaute in den Flur. Sie entschied sich, dem Mann zu glauben und sich das Zimmer gegenüber zum Schluss vorzunehmen. Sie warf einen letzten Blick zurück in das trostlose, dreckige Zimmer ohne Bücher, das nun auch noch einen toten, dicken Mann beherbergte. Der Laptop hatte den Sturz überlebt und das stumpfsinnige Grollen und Fauchen der Zombies schien stärker geworden zu sein. Nuria hatte den Eindruck, dass die Zombies vom Blutgeruch des toten Mannes auf dem Sofa angezogen wurden.

Nuria trat in den Flur und machte die Tür leise hinter sich zu. Sie zog sich die Motorradmaske vom Kopf – in dieser Wohnung würde sie niemand mehr identifizieren können – und machte das Licht im Flur an. Entschlossen ging sie zur nächsten Tür und riss sie auf. Der Lichtstrahl aus dem Flur erhellte das Zimmer. Ein Mann mit weißer Hautfarbe lag in einem Bett und schlief. Mit zwei Schritten war Nuria bei dem Mann und erschoss ihn. Anschließend ging Nuria zu dem Zimmer, in dem sich Kony aufhalten musste. Auch dort ließ sie sich keine Zeit, stieß die Tür auf und stand kurz darauf an dem Bett, in dem Kony auf dem Rücken lag und sich unruhig hin und her bewegte. Wohl ein Alptraum, dachte Nuria, zog Kony die Bettdecke vom Körper und schoss ihm in das rechte Knie. Kony schrie und riss die Augen auf. Er schaute zu Nuria hinauf, die über ihm stand. Nuria schaute zurück und versuchte, Konys Gesichtsausdruck zu lesen, fand dort aber nur eine ausdruckslose Leere.

Sie schoss ihm in das linke Knie und wartete darauf, dass Kony wieder anfangen würde zu schreien oder eine andere Reaktion zeigte. Doch Kony schaute sie weiter unverwandt an. Aus irgendeinem Grund musste Nuria plötzlich an Camus denken, der auch die Namensgebung ihrer Gruppe beeinflusst hatte. Camus hatte in seinem Theaterstück „Die Gerechten" die Frage aufgeworfen, ob ein Tyrannenmord zu rechtfertigen sei und ob man den eigenen Lebenssinn verwirkte, wenn man aus politischen Gründen tötete. Zu den Anfangszeiten der Gerechten hatten sie viel und häufig über die Werke von Camus gesprochen. Nuria war zu dieser Zeit von seinen Büchern fasziniert gewesen, auch wenn sie einem Tyrannenmord viel offener gegenüberstand als Camus.

Kony sagte immer noch kein Wort. Vielleicht hielt er das Ganze ja für einen Alptraum, dachte Nuria. Was solls? Scheiß auf Kony, scheiß auf Camus. Sie hob die Waffe und schoss auch Kony in den Kopf. Aller guten Dinge waren drei.

Nuria holte ihr Handy aus der Hosentasche und fotografierte den toten Kony. Danach die beiden anderen Leichen. Als sie wieder im Flur stand und gerade im Begriff war, die Wohnung zu verlassen, überkam sie plötzlich ein Schwindelgefühl und ihr gesamter Körper begann zu zittern. Sie ließ sich auf den Boden fallen, streckte Arme und Beine von sich und fing an zu lachen. Das Lachen ging kurz darauf in Weinen über und als auch das Weinen aufhörte, blieb sie liegen und musste immer und immer wieder daran denken, wie sie in die Zimmer eingedrungen war und die Männer erschossen hatte.

Irgendwann nickte Nuria vor Erschöpfung ein und als sie wieder erwachte, war der Morgen angebrochen. Der kurze Schlaf hatte ihr gutgetan. Sie stand auf und verließ, ohne sich noch einmal umzudrehen, die Wohnung. Als sie wieder auf der Straße war, dämmerte es. Der Morgen war kalt und klar. Ein paar Menschen waren auf dem Weg zur Arbeit. Nicht weit entfernt gab es eine Bäckerei, die gute Laugenbrötchen im Angebot hatte. Die Bäckerei war schon an diesem frühen Morgen voller Leute, die sich angeregt unterhielten. Als Nuria an der Reihe war, kaufte sie neun Laugenbrötchen und ging wieder zurück in ihre Wohnung, von der sie vor wenigen Stunden mit der festen Absicht aufgebrochen war, Kony zu töten. Und das hatte sie getan. Sie hatte den letzten Job der Gerechten erledigt und jetzt wollte sie einfach nur mit Bruce und Kim frühstücken. Alles Weitere würde sich ergeben.

Als sie die Wohnung betrat, roch es nach Kaffee. Kim trat aus der Küche.

„Wie ist es gelaufen?" fragte Kim.

„Es ist vorbei", sagte Nuria. „Ich geh mal kurz duschen. Wecke du schon mal Bruce und sorge dafür, dass gleich genug Kaffee da ist. Ich habe Brötchen gekauft und einen Mordshunger", fügte Nuria noch hinzu und klang dabei ausgelaugt und müde.

Kurz darauf saßen sie an Bruce Bett und frühstückten. Nuria erzählte in wenigen Worten, wie sie in der obersten Wohnung auf Kony und seine zwei Personenschützer gestoßen war und sie erschossen hatte. Kim hörte der nüchternen und knappen Schilderung Nurias zu und fragte sich, ob da eine andere Nuria vor ihr saß. Das Fröhliche und Herzliche, dass Kim so an Nuria mochte, waren verschwunden. Stattdessen war bei Nuria eine distanzierte, freudlose Kühle zum Vorschein gekommen und das machte Kim Angst. Außerdem führte Nurias kurze und distanzierte Beschreibung der Morde dazu, dass Kim in ihren Gedanken die Ermordung der drei Männer weiter ausmalte. Während die Stimmen von Nuria und Bruce das Hintergrundrauschen bildeten, stellte sich Kim in ihrer

Fantasie vor, wie Kugeln in Köpfe und Augen drangen, Blut über weiße Teppiche floss und Kony und die beiden anderen langsam und qualvoll starben.

„Kim, Kim?" Wie von weiter Ferne vernahm Kim die Stimme von Bruce. Kim wandte sich Bruce zu. Langsam kehrte sie wieder zurück in die Wohnung in der Gutenbergstraße 22.

„Alles in Ordnung mit dir?", fragte Bruce.

„Ja, es ist nur", für einen kurzen Moment verlor Kim sich wieder in ihren Gedanken, „es ist nur, was machen wir jetzt? Was mache ich jetzt, wo alles vorbei ist?", fragte Kim und ärgerte sich, dass sie dabei so ängstlich klang.

Bruce räusperte sich. „Ich habe nachgedacht. Hatte auch eine Menge Zeit in den letzten Wochen." Er lächelte schwach. „Wir müssen eine Weile unter dem Radar fliegen. Ich schlage vor, wir bunkern uns hier für ungefähr einen Monat ein und schauen alle Netflix-Serien, die wir schon lange einmal sehen wollten. Danach, tja, Nuria und ich haben für so einen Fall vorgesorgt. Wir haben Pässe auf andere Namen und ich habe ein nettes Haus in Spanien. Und Nuria", er nickte Nuria zu, „du weißt, du bist dort jederzeit willkommen. Aber, was machen wir mit dir, Kim?" Bruce machte eine kurze Pause und fuhr dann fort. „Wie ich das sehe, haben wir, hast du folgende Möglichkeiten. Wir besorgen dir auch eine neue Identität und du tauchst mit uns eine Zeitlang unter und nach einer Weile wieder auf und führst dein Leben unter einem anderen Namen weiter. Allerdings hieße das, dass du alle Kontakte zu deinem früheren Leben abbrechen müsstest. Ich weiß, keine schöne Vorstellung. Oder du verschwindest eine Weile mit uns, vielleicht ein halbes Jahr oder etwas länger. Du kehrst danach in dein früheres Leben zurück und wir tun in dieser Zeit etwas dafür, dass du aus der Schusslinie gerätst. Ein paar Ideen habe ich, aber ob es funktioniert, kann ich nicht sagen."

Bruce nahm einen Schluck von seinem Kaffee und blickte von Kim zu Nuria und dann von Nuria zu Kim.

„Einen Monat Netflix schauen, klingt gut. Ich mache mit", sagte Nuria und weil sie dabei immer noch so klang, wie die Nuria, die Kim bisher noch nicht kennengelernt hatte, traten plötzlich Tränen in Kims Augen und die Angst, die sie bisher nur im oberen Brustbereich wahrgenommen hatte, wuchs plötzlich an und nahm von ihrem gesamten Körper Besitz.

„Ich soll mit euch untertauchen? Und was ist mit meiner Mutter, mit Lynn und meinen anderen Freunden?" Weil Kim sich dabei anhörte, wie das zehnjährige Mädchen, das sie einmal war, schüttelte sie den Kopf, stand auf und verließ erst Bruce Zimmer und dann die Wohnung. Als Kim auf der Straße stand, schämte sie sich für ihre Reaktion, doch zurück in die Wohnung wollte sie nicht. Sie wandte sich nach rechts und lief los, durch eine Stadt, die sie nicht kannte und in der sie nicht sein wollte. Am Himmel zeigte sich eine kleine, weit entfernte Sonne, die keinerlei Wärme ausstrahlte. Kim war ohne Jacke aus der Wohnung geflüchtet und ihr war kalt. Die Straßen waren voller Autos. Die meisten parkten zur Hälfte auf der Straße und zur Hälfte auf dem Gehweg, sodass nur wenig Platz für Fußgänger blieb. Die anderen fuhren auf den Straßen entlang oder warteten vor roten Ampeln. In ihnen saßen Menschen. Einige starrten vor sich hin. Andere bewegten ihre Münder. Lautlos, wie Kühe, die wiederkäuten.

Kim lief weiter, meistens geradeaus und bergauf. Manchmal wandte sie sich nach rechts, seltener nach links. Irgendwann kam sie an einen Wald, in den ein kleiner Trampelpfad hineinführte. Unschlüssig blieb Kim stehen. Sie fror, sehnte sich nach Wärme und wollte doch weiterlaufen und vor ihrer inneren Unruhe fliehen. Sie machte ein paar Schritte in den Wald hinein. Blieb stehen. Vor ihr joggte eine Frau vorbei, die gleich darauf hinter einer dichten Ansammlung von Bäumen wieder verschwand. Sie atmete mehrmals ein und wieder aus und dann, ganz unvermittelt, wich die Anspannung aus ihrem Körper. Ja, so sollte es sein. Sie würde ein halbes Jahr auf Kosten von Bruce und Nuria in Spanien abhängen. Sie würde nach langer Zeit wieder Spanisch sprechen und irgendwie würde sie auch mit Lynn, ihrer Mutter und der ein oder anderen Freundin in Hamburg in Kontakt bleiben können, ohne Gefahr zu laufen entdeckt zu werden. Bruce und Nuria würde da schon irgendetwas einfallen.

Sie kehrte um und irgendwie schaffte sie es, wieder in die Gutenbergstraße 20 zurückzufinden. Als sie an der Wohnungstür klingelte, öffnete ihr Nuria, umarmte sie wortlos und gab ihr dann einen leichten Klapps auf die Schulter. Und als sie dann noch sagte: „Ach ist das schön, dass du wieder bei uns bist", da kam auch wieder ein bisschen die alte Nuria durch und für einen kurzen Moment fühlte sich Kim so geborgen, wie selten zuvor in ihrem Leben. Sie folgte Nuria in Bruce Zimmer, wo Bruce sie mit einem kurzen Zwinkern begrüßte. Sie setzte sich und steckte sich das letzte Stückchen Laugenbrötchen, das sie auf ihrem Teller zurückgelassen hatte, in den Mund.

„Also gut", meinte Kim, nachdem sie den letzten Bissen mit kaltem Kaffee runtergeschluckt hatte, „ein Monat Netflix und dann ein halbes Jahr Spanien. Ich bin dabei, aber ich habe zwei Bedingungen. Ich darf heute noch Lynn und meine Mutter anrufen und ich darf entscheiden, mit welcher Serie wir starten."

„Das müsste machbar sein", sagte Bruce lächelnd und fügte hinzu: „Oder Nuria, was meinst du?"

Nuria zuckte mit den Schultern: „Das ist ok für mich, aber mit einer Einschränkung. Zombie-Filme sind tabu. Und noch eine Sache. Wenn wir einen Monat aufeinander hocken und Filme schauen, brauche ich mehr Schokolade." Nuria stand auf. „Und dafür muss ich noch einmal raus und einkaufen. Und wenn ihr mich freundlich bittet, bringe ich euch auch noch was mit. Jeder von euch hat zwei Wünsche frei. Na gut, drei."

Nuria kam mit Lebensmitteln für zwei Wochen und Schokolade für mindestens ein halbes Jahr wieder in die Wohnung zurück. Für Kim hatte sie ein Wegwerfhandy dabei, mit dem Kim erst Lynn und dann ihre Mutter anrief. Ihre Mutter weinte lange und Lynn - noch leicht traumatisiert - sprach ihr ganz viel Mut zu. Die Tage vergingen gleichförmig und ohne besondere Vorkommnisse. Sie schauten mehrere Stunden am Tag Filme an und schliefen viel. Zwischendurch aßen sie Tortilla oder Nudeln mit verschiedenen Pestos und viel Schokolade. Die Welt außerhalb ihrer Wohnung trat in den Hintergrund und die Filme hatten auf alle drei eine angenehm betäubende Wirkung. Bruce kam langsam wieder zu Kräften.

Nach drei Wochen verfassten Nuria und Bruce im Darknet eine Erklärung der Gerechten, in der sie ein Resümee ihrer, wie sie es nannten, „politischen Tätigkeit" zogen, den Tod vieler Mitkämpfer und Mitkämpferinnen beklagten sowie die Auflösung der Gruppe bekannt gaben. Zwischen den Zeilen ließen sie durchblicken, dass sie in letzter Zeit Unschuldige in ihren Kampf mit hineingezogen und zu Opfern gemacht hätten, in der Hoffnung, damit Kim aus der Schusslinie zu bringen. Schließlich packten sie zusammen, verließen unauffällig Nurias Wohnung und fuhren los. Ihr Ziel: Spanien.

Die Gefahr ist vorbei. Kim fühlt sich in dem alten Steinhaus mit seinem verwilderten Garten, das Bruce sich vor acht Jahren in der Extremadura gekauft hat, wohl. In den ersten Wochen macht sie lange Wanderungen durch die Sierra de San Pedro, läuft durch Korkeichenwälder, Olivenhaine. Mal allein, mal begleitet von Nuria. Bruce hat ihr eine anonyme SIM-Karte besorgt, die ihren Standort nicht verrät. Das ermöglicht ihr, ab und zu mit Lynn, ihrer Mutter und der ein oder anderen Freundin zu telefonieren. Den meisten erzählt sie, sie sei auf einer Selbsterfahrungsreise durch Südostasien.

Mehrmals leiht sie sich das Auto und fährt nach Cáceres. Dort kauft sie sich spanische Bücher von spanischen Autoren und Autorinnen, treibt sich auf öffentlichen Plätzen, in Cafés und Bars herum, kommt mit Leuten ins Gespräch. Spricht mit ihnen über die Bücher, die sie liest, über Spanien und Deutschland, über ihr bisheriges Leben oder das Leben derjenigen, mit denen sie redet. Sie taucht ein in die Muttersprache ihres

Vaters, in der er ihr, als sie klein war, Geschichten erzählt oder Lieder vorgesungen hat. Und je mehr sie ihr Spanisch wiedergewinnt, desto mehr erinnert sie sich wieder an ihren Vater. Manchmal sind die Erinnerungen so stark, dass sie das Gefühl bekommt, ihrem Vater auch körperlich wieder nahe zu sein. In solchen Momenten erinnert sie sich, wie sein Bart an ihrer Wange kitzelt, nimmt seinen nach Pfefferminz riechenden Atem wahr, hört den melodischen Klang seiner Stimme.

Die Abende verbringt sie meist mit Bruce und Nuria. Immer öfter kommt auch José zu Besuch und bleibt über Nacht. Ein Künstler aus einem Nachbardorf, der seinen Lebensunterhalt mit dem Malen von Landschaftsaquarellen verdient, die er auf den Märkten von Cáceres und Badajoz hauptsächlich an Touristen verkauft. Bruce hat ihn vor ein paar Jahren in einer Bar kennengelernt und beide haben seitdem losen Kontakt miteinander gehalten. Wenn sie abends zusammensitzen, erzählen Bruce und Nuria immer wieder von ihrer Zeit bei den Gerechten. Von den Anfängen der Gruppe, den Ausbildungslagern in Kolumbien und Venezuela, von glücklichen, gefährlichen und Adrenalin geladenen Momenten. Manchmal erzählt auch Kim von ihrem bisherigen Leben, von ihrem Vater, der vor vielen Jahren gestorben ist und von ihrer Halbschwester, die sie nie richtig kennengelernt hat.

Kim ist auf eine für sie bisher unbekannte Art glücklich. Und auch, wenn dieses Gefühl sie in manchen

Momenten irritiert, nimmt sie ihr Glücklichsein hin und schiebt Fragen nach dem Gestern und Morgen gedanklich beiseite. Nuria hat die Aufgabe übernommen, das Darknet im Auge zu behalten. Am Anfang ihrer Zeit in Spanien sind die Gerechten noch Thema auf den einschlägigen Webseiten und Blogs, aber nach ein paar Wochen scheint sich niemand mehr besonders für die Gerechten zu interessieren. Die meisten Darknet-User, die sich irgendwann einmal mit den Gerechten beschäftigt haben, sind offensichtlich der Meinung, dass die Gruppe zerschlagen wurde oder sich aufgelöst hat.

Mitte Mai fährt Kim für ein paar Tage mit dem Zug nach Madrid, um mit mehr Abstand zu Bruce und Nuria über ihre Zukunft nachzudenken. Es wird langsam Zeit, dass sie eine Entscheidung trifft, wie sie nach ihrer Zeit in Spanien weiterleben möchte. Ihr Hotel liegt im Zentrum der Stadt, 15 Minuten vom Bahnhof Atocha entfernt und hat große, in braunen Farbtönen gehaltene Zimmer. Den ersten Abend verbringt Kim auf der Dachterrasse des Hotels, die einen kleinen Pool und eine Bar beherbergt und eine spektakuläre Aussicht über die Dächer von Madrid bietet. An der Bar versuchen ein paar ältere Männer mit ihr ins Gespräch zu kommen, lassen sie aber schnell wieder in Ruhe, da Kim ihnen vermittelt, dass sie kein Interesse an Männer habe, die ihre Väter sein könnten.

Am nächsten Morgen fährt sie mit der Metro zur Puerta de Sol, dem zentralen Platz im Zentrum von

Madrid. Sie nimmt den Metroausgang und betritt den Platz, der bereits im gleißenden Sonnenlicht vor ihr liegt. Die Menschen hasten so schnell an ihr vorbei, als wollten sie auf diesem großen, kahlen, mit Granitplatten ausgelegten Platz so wenig Zeit wie möglich verbringen. Die teuerste Bratpfanne Spaniens, wie sie ihn in Madrid nennen. Auch Kim kann dem Platz nicht viel abgewinnen und läuft in eine der Seitenstraßen in Richtung Plaza Mayor, dem anderen zentralen Platz im Zentrum Madrids. Den Rest des Tages streift sie durch die Stadt und sieht sich Sehenswürdigkeiten an. Abends geht sie ins Cine Doré, ein Programmkino, das zurzeit mexikanische Filme zeigt und entscheidet sich für den Film „Sin Nombre." Der Film hinterlässt bei ihr eine melancholische Stimmung und sie hat noch keine Lust ins Hotel zurückzukehren. Außerdem hat sie Hunger und den Mann, der sie vor dem Film an der Kasse angesprochen und der sie für diesen Abend in die Bar „Automático" eingeladen hat, findet sie eigentlich ganz süß. Sie googelt die Bar „Automático" und folgt der Wegbeschreibung.

In der Bar sitzt der Mann mit einer größeren Gruppe Spanier an einem großen Tisch. Kim setzt sich dazu und ist kurz darauf selbstverständlicher Bestandteil der Gruppe. Es ist lange her, dass sie neue Leute kennengelernt hat. Die Gespräche haben eine große Leichtigkeit. Für Kim fühlt es sich an, als würde sie die Leute, mit denen sie in der Bar sitzt, schon seit Jahren kennen und regelmäßig mit ihnen ausgehen. Alle kommen aus Malaga oder den umliegenden Dörfern, sind irgendwann nach Madrid gezogen und haben sich dort kennengelernt.

„Weißt du", meint irgendwann einer von ihnen zu Kim, „wir waren wie Magneten und haben uns in Madrid gegenseitig angezogen und gefunden. Manchmal ist es einfach schön, unter Andalusiern zu sein." Er lacht und alle prosten sich mit ihren Bierflaschen zu. Irgendwann ziehen sie weiter. Um zwei Uhr nachts, in einer kleinen, mit bunten Neoröhren ausgeleuchteten Bar in der Nähe der Metrostation Tirso de Molina, löst sich die Gruppe auf. Nur Ángel will noch bleiben und fragt Kim, ob sie mit ihm noch letztes Bier trinken wolle.

„Warum nicht", meint Kim und während Ángel zwei Biere holt, fragt sie sich, ob sie mehr von ihm will. Ángel kommt wieder zurück, stellt die Flaschen auf den Tisch, setzt sich und legt seine Hand auf ihre. Kim lässt es geschehen und sucht nach Worten, um das Gespräch wieder ins Laufen zu bringen. Über was hatten sie eigentlich gesprochen, bevor Ángel Getränke holen gegangen war? Der Druck auf ihre Hand wird stärker und weil ihr weiterhin kein interessantes Gesprächsthema einfällt, sagt sie: „Ich muss kurz aufs Klo", zieht ihre Hand unter seiner hervor, und durchquert die Bar in Richtung der Toiletten.

Als Kim sich wieder zu Ángel an den Tisch setzt, fragt er sie, ob sie mit ihm nach Hause kommen möchte. Kim schluckt, nippt an ihrem Bier.

„Also, ich", sagt sie, bricht dann aber mitten im Satz ab.

„Hey, alles ok", sagt er lächelnd, „ich habe dir doch nur eine Frage gestellt. Vielleicht ein anderes Mal?"

„Vielleicht ein anderes Mal", meint Kim erleichtert und der Nebel in ihrem Kopf lichtet sich langsam. Sie trinkt einen Schluck Bier.

„Wo lebst du eigentlich in Deutschland?", fragt Ángel. „In Berlin." Die Antwort kommt spontan, ohne zu überlegen und Kim weiß, dass sie soeben eine Entscheidung getroffen hat. Sie wird nach Berlin gehen und das Angebot der Kanzlei Bylter und Partner annehmen, das diese ihr schon Ende letzten Jahres mit den Worten „Sie können sich mit Ihrer Entscheidung ruhig Zeit lassen", gemacht hat. Ja, sie hat sich Zeit genommen. Aber nun würde ihre Reise ein Ende haben.

ENDE

Band 1

DANKSAGUNG

Dass ich dieses Buch fertigstellen und veröffentlichen konnte, verdanke ich vielen Menschen. Mein erster Dank geht an Tine, Finja und Lena Chemnitz, meine Familie, die meine Welt zu einer besseren und glücklicheren macht. Im Besonderen ist der Thriller meiner Tochter Finja Chemnitz gewidmet. Er war ein Geschenk zu ihrem achtzehnten Geburtstag. Sie hatte sich explizit einen Thriller gewünscht und hat mich zum Morden motiviert. Ein besonderer Dank geht auch an meine ersten Leser Bertram Wohlenberg, Martin Ziegele und Philip Lienau, die mich bewegt haben, weiterzuschreiben sowie an Cora Heitzmann und Sabine Weber von der Druckerei Hinkelstein aus Berlin, die für den Druck der Erstauflage verantwortlich sind. Ein dickes Dankeschön geht auch an Jan Kasiske, der von dem Buch so begeistert war, dass er es unbedingt im Selbstverlag veröffentlichen wollte und es so oft gelesen hat, wie kein*e andere*r. Ihm ist es zu verdanken, dass das Buch den Weg in die Öffentlichkeit gefunden hat. Vielen, vielen Dank auch an Tatjana Trommershäuser, die aus dem Buch auch noch ein wunderschönes Hörbuch gemacht hat. Vielen Dank euch allen!